LES EXILÉS

DE LA MÊME AUTRICE

Avant qu'elle s'en aille, roman, Julliard, 2020
On ferme les yeux, on marche,
on ne sait pas si c'est la vie ou la mort,
textes réunis et présentés par Maïa Kanaan-Macaux,
Les Mauvaises Herbes Éditions, 2009

MAÏA KANAAN-MACAUX

LES EXILÉS

roman

Julliard

ISBN : 978-2-260-05493-1
Éditions Julliard – 31, rue Étienne Marcel, 75001 Paris

Pour Mohamed et pour Françoise

« Si vous voulez saisir une tempête en mer,
ou les horreurs de la guerre, soyez calme
et mettez entre vous et ces choses-là
la distance résultant de votre propre
et douloureux silence. »

Anna Maria Ortese,
Là où le temps est un autre

Isabelle

Plus tôt, ce matin, je referme la porte de notre appartement. Un dernier regard à ce lieu familier, aux objets qui nous racontent. Mon cœur bat vite. Je pose les clés sur la table basse du salon, empoigne mon sac de voyage, ouvre la porte comme chaque jour depuis des années pour aller au collège, mais cette fois, c'est différent, je ne la retiens pas, je la claque derrière moi. Définitivement. Sans retour possible.

Je descends lentement les marches, l'une après l'autre. En respirant profondément pour me calmer et mesurer la décision prise.

La gardienne balaie l'entrée, elle ne me prête aucune attention. Cela ne m'étonne pas, je suis devenue si discrète au fil des mois. J'aperçois mon reflet dans la porte vitrée. Je suis voûtée, fuyante. Je ne ressemble en rien à la femme alerte que j'ai été. Aujourd'hui et depuis des mois, je voudrais m'annuler, ne pas être là, me fondre dans le décor.

Je longe l'avenue où je vis depuis dix ans avec Vincent, concentrée pour ne pas revenir sur ma résolution, ne pas reprendre le chemin du collège et de mon quotidien. Je suis bien consciente de la portée de chacun de mes pas. Rien de plus.

M'éloigner de mon existence, c'est ce qui compte. Il n'y a pas d'ailleurs imaginable.

Je ne sais pas où je vais, aucune idée préétablie, aucun lieu précis où me rendre, mais il s'agit d'une rupture, d'une césure, d'un départ existentiel.

Je n'ai rien connu de tel. Rien dans ma vie ne me laissait envisager qu'un jour, je serais là, mon sac de voyage à la main, à chercher comment vivre encore.

L'air est froid et s'engouffre dans mes poumons jusqu'à me faire tousser, une quinte de toux d'asthmatique qui en dit long sur ma capacité respiratoire réduite. Respirer par le nez pour calmer la toux. Doucement, précautionneusement, une inspiration après l'autre, je m'applique.

Je fais ça pour moi et ça me surprend. Écouter mes bronches qui ne veulent plus s'oxygéner depuis ce jour-là. Mes poumons accueillent l'air un peu plus aisément. Je me détends.

Mon téléphone sonne. Ma main, enfouie dans la poche de mon manteau, l'attrape et le maintient bien au fond comme s'il risquait de me sauter à la gorge. Je le sens sous mes doigts, le recouvre pour en étouffer le son.

À cette heure-ci, je devrais être en classe face aux élèves de 4e 3. Je les imagine qui chahutent en m'attendant dans le couloir. Ils se réjouissent de gagner un peu de temps sur ce cours qui les ennuient. Ils doivent se dire qu'un contretemps me retient, un problème de métro ou une chute sans conséquence. Un grain de sable dans l'existence. La seule chose qui leur importe, c'est ce moment de liberté gagné sur le cours.

Ils ne savent pas encore, personne ne sait encore que je n'existe plus dans cette vie-là. Que je ne suis plus leur professeure de français, que je ne reviendrai pas enseigner. Depuis vingt minutes déjà, plus rien ne nous relie, eux, moi et l'établissement où j'enseigne depuis quinze ans.

Plus avant, sur le canal Saint-Martin, au niveau du petit pont qui enjambe l'écluse, je trouve un banc pour m'asseoir et souffler. Je ne suis plus habituée à marcher. J'ai mille ans.

J'entreprends d'ouvrir la coque de mon téléphone. Il me faut forcer un peu pour accéder à la carte SIM.

Tout ce qui me relie encore à ma vie se résume là, dans ces microcomposants électroniques, quelques milligrammes de matière entre mes deux doigts. Je me lève avec précaution, la carte délicatement posée sur la pulpe de mon index, me dirige vers une poubelle et d'un geste sec l'envoie au fond du sac de déchets.

Voilà, c'est fait. Je referme le téléphone redevenu vierge désormais et le pose bien en vue pour qu'il trouve un autre utilisateur, avant de reprendre mon chemin.

Mon sac pèse sur mon épaule, et c'est une autre preuve que mon corps est capable de ressentir quelque chose.

Soulagée, fatiguée, j'accède enfin au hall de la gare de Lyon. Assise au milieu des gens qui attendent, je me sens minuscule sous la voûte de métal et de verre. J'aime les gares parisiennes, imaginer les histoires de passages, de trajectoires humaines depuis les premiers exodes du monde rural, les premiers émois et la peur de l'inconnu pour celui qui arrive de la campagne, la joie des premiers congés payés, les retrouvailles des amoureux et l'excitation des familles, avant le départ en vacances, valises à la main. Autour de moi, il y a ceux qui attendent un train, ceux qui courent pour ne pas rater le leur, ceux qui traînent parce qu'ils n'ont nulle part où aller et que les gares les préservent un peu de la rue.

comme si lui savait quoi faire. Nous sommes accueillis par une femme souriante, cheveux courts poivre et sel, jean et baskets. Elle nous invite à nous installer avant de s'éclipser.

Une pièce sans fenêtre, quelques chaises, des dépliants en pagaille sur une table basse me font penser à une salle d'attente de médecin. Un petit convecteur électrique réchauffe à peine l'espace. Le garçon tend ses mains vers la source de chaleur.

La femme revient quelques instants plus tard avec des cafés chauds. Elle semble surprise par l'étrange duo que nous formons. Nous sommes liés par un fil invisible. Elle sent cela à la proximité physique que nous établissons sans même nous en rendre compte.

Ibrahim

Ce matin, je suis à nouveau là, devant ce préfabriqué près de la gare, j'attends qu'on m'offre un café chaud. J'ai encore dormi derrière la glissière de sécurité de la route, sur des cartons pour me protéger de l'humidité. J'ai froid et je suis fatigué.

J'ai traversé beaucoup de frontières pour arriver jusqu'ici : de la Guinée au Mali, du Mali à l'Algérie, de l'Algérie à la Libye et puis la mer avant d'arriver en Italie. Mais le dernier franchissement m'a demandé de la patience. Six tentatives avant de passer de l'Italie à la France.

J'ai pris le train parce que ça ne coûte que le prix du billet, mais j'ai été contrôlé. On m'a fait descendre à Menton et renvoyé à Vintimille. La route à pied, cinq fois. Au bord de l'autoroute, la vitesse des voitures, la peur d'être pris qui te contraint à te cacher, à te jeter dans des fossés dont tu ne mesures pas la hauteur. Chaque fois, la police qui t'arrête, parfois le poste-frontière avant de te renvoyer en arrière. Alors qu'ils voient bien que je suis seul et mineur, ils font comme si ce n'était pas vrai.

Ensuite il y a la route pour faire le chemin inverse, à pied. C'est épuisant, déprimant, mais je n'ai pas le choix, alors je recommence.

Eux, ils veulent juste nous ralentir, nous décourager. Ils savent pourtant qu'on recommencera. Qu'est-ce qu'ils croient ? Qu'on a une autre solution ?

Je ne voulais pas passer par la vallée et les montagnes. Mon corps est usé par le voyage. J'ai des crampes d'estomac. Je savais que c'était dangereux et il fait si froid en ce moment. Dans mon état, je n'en étais pas capable. Mais j'ai finalement eu de la chance, j'ai été dirigé par des passeurs sur une aire d'autoroute. Ils nous ont fait monter dans un camion. Nous étions seize. La porte arrière qui s'ouvre, quelques secondes, le temps de sortir de notre cachette en silence et de nous glisser discrètement à l'intérieur.

Ça m'a coûté trois cents euros, la majeure partie des économies accumulées en travaillant en Italie ces derniers mois. J'espérais pouvoir garder cet argent pour mon arrivée en France, mais j'ai compris que si je ne payais pas, je n'y arriverais jamais.

Et finalement, je me demande à quoi cela a servi.

Je suis là depuis dix jours. Nous nous sommes installés au bord de la route à l'abri des regards, derrière un muret, avec d'autres garçons guinéens et quelques Maliens. Errer là-bas ou ici. Dormir dehors d'un côté ou de l'autre côté de la frontière, quelle différence ?

Quand je pense que je me retrouve ici alors que je ne voulais pas quitter le village.

Chez moi, en Guinée-Conakry, quand tout allait bien pour nous, je voulais devenir riziculteur, comme mon père. Mon village, les rizières dans la plaine, la forêt à côté, c'était bien.

Je n'étais jamais allé plus loin que Boké, la grande ville de ma région natale.

Contrairement à d'autres garçons de mon village, comme Issa et Mamadou, je ne rêvais pas du grand voyage. Eux, ils voulaient quitter la dureté de notre existence, tenter l'aventure pour être footballeur ou chanteur de rap en Angleterre ou en Allemagne.

Moi, je n'étais pas comme ça. Non, moi, j'étais discret et solitaire. J'étais rêveur aussi, mais ce temps-là est fini. Impossible de rêvasser quand tu es sur la route. Mamadou se vantait devant les filles, frimeur, sûr de lui.

Naturellement, c'était toujours lui qui était en première ligne. Il était plus costaud que moi, plus bagarreur et toujours prêt à me défendre. Nous étions aussi différents que peuvent l'être deux frères de cœur, lui avait de grandes ambitions et moi de petites.

Comme tous les garçons du village, j'étais admiratif de ceux qui avaient réussi et revenaient auréolés de leur richesse au village. Mais souvent, ils affichaient de l'arrogance et je n'aimais pas ça.

J'avais entendu parler des épreuves du voyage, je savais ce qu'il fallait affronter pour devenir le *tounkan namo*, celui qui réussit et offre une vie meilleure à sa famille. J'avais vu avec mes yeux la honte de ceux qui reviennent sans rien, ceux qui ont endetté leur famille et qu'on considère comme des faibles, des ratés, ceux dont les femmes du village parlent dans leur dos et que les hommes regardent avec mépris. À voix basse, on dit d'eux : « Mieux valait mourir que de revenir sans avoir atteint son but. »

Mais notre situation empirait de jour en jour, mon père maigrissait, ses traits étaient tirés, sa peau était terne. Sa santé était devenue mauvaise alors que le ventre de ma mère s'arrondissait. Il s'était mis à tousser. Son souffle était de plus en plus court. Lui que j'avais connu fort et plein d'énergie était devenu faible et irascible.

L'air de chez nous s'était empli de cette poussière rouge que les sociétés minières retournaient pour en extraire de la bauxite, sans se préoccuper de nous et de nos terres. On disait que notre région était devenue le principal exportateur d'aluminium.

On disait qu'on avait de la chance. Mais nous, on ne voyait pas où elle était, notre chance.

Le village de ma famille était traversé par une route de campagne devenue axe principal vers les ports industriels. De grosses machines, des camions sur nos étroits chemins, utilisés pour apporter le minerai vers les ports. Des bennes qui traversent le village sans arrêt et salissent tout. Les foyers extérieurs où les femmes cuisinent et où le linge sèche. Nos champs de riz et les mangroves si précieuses. Les cultures et les petits ports de pêche sur lesquels nous, les habitants, comptons pour manger.

Mon père avait protesté avec les autres agriculteurs. Ils avaient manifesté en ville contre les autorités. Ils s'étaient opposés aux hommes puissants et corrompus ainsi qu'aux entreprises étrangères venues piller et détruire notre nature. Puis il était tombé malade.

Alors, je l'avais remplacé, j'avais fait tout ce que je pouvais avec la force de mes treize ans, tout ce qu'il n'arrivait plus à faire. J'ai essayé. Mais ce n'était pas suffisant. Les terres produisaient moins et auraient demandé d'autres bras que les miens. Je n'avais plus d'autre solution que de partir.

J'ai préparé mon sac à dos noir, écouté les conseils de ceux qui avaient traversé le désert pour m'y préparer et j'ai profité du départ de Moussa, un voisin un peu plus âgé que moi.

Mes parents m'ont remis leurs économies. J'ai ensuite salué mon père. Puis ma mère. Elle m'a regardé m'éloigner dans l'aube, moi, son fils unique, en priant pour qu'Allah me protège tout au long du chemin. Je ne me suis pas retourné pour ne pas pleurer, mais j'ai senti dans mon dos le souffle puissant de ma mère.

Mamadou m'a rejoint sur la route, pour m'accompagner jusqu'au taxi-brousse qui devait nous conduire, Moussa et moi, jusqu'à Gao, au Mali. Il est resté silencieux. Contrairement à son habitude.

Il a porté avec moi le bidon d'eau pour le voyage.

Une fois là-bas, avant que je ne monte dans le taxi déjà bondé, il a sorti la figurine de Messi qu'il gardait toujours dans sa poche, et il m'a dit : « Ça te portera chance. »

C'était il y a un an et demi. Je ne connaissais pas les frontières, ni les lois des pays ni ceux qui en profitent.

Je n'aurais jamais imaginé arriver jusqu'ici.

J'ai froid ce matin, plus que d'habitude, dedans et dehors, un froid sec malgré le soleil qui brille, comme si c'était l'été. Je suis à nouveau là, et je n'en peux plus. Je suis gelé et je voudrais vite me réchauffer à l'intérieur du préfabriqué.

La femme qui attend derrière moi, fait tomber son gant, je le ramasse et le lui tends, puis je remets la main dans ma poche. Je sens entre mes doigts la figurine tout abîmée de Messi, elle m'accompagne et me donne du courage.

Isabelle

La bénévole qui nous a reçus, le garçon et moi, est contrariée. Elle me dit que comme bien d'autres, il aurait dû être mis à l'abri le temps de l'évaluation de sa situation, mais que l'accueil provisoire d'urgence lui a été refusé.

Elle connaît le jeune homme. Il s'appelle Ibrahim, me dit-elle, et il est à la rue. Il vient de temps en temps, quand c'est trop dur ; pour être au chaud, boire un café et se sentir accueilli. Elle ne sait pas où il dort, il doit se terrer dans un coin de la ville, sous un pont, derrière les arbres d'un parc délaissé.

— À eux, aux arrivants, on ne laisse que les endroits dont personne ne veut, où ils n'importuneront pas les passants, les riverains, les bien installés dans leur vie, ironise-t-elle.

Elle me prend à témoin et trouve qu'il faut être de bien mauvaise foi pour prétendre que ce gamin a plus de quinze ans, le traiter comme un adulte et le laisser à la rue.

— La loi ordonne pourtant des mesures d'urgence pour protéger les mineurs.

Mais elle n'est pas surprise, juste exaspérée par ces situations qui se répètent.

Je regarde attentivement le garçon à mon tour pour me forger ma propre opinion. Il s'est affaissé sur sa chaise comme le font les ados ; il semble disparaître sous sa capuche, emmitouflé dans sa doudoune trop grande. Il ne doit pas être plus vieux que mes élèves de 3e.

Pendant que je bois mon café et qu'il somnole à mes côtés, elle se lève, prend son téléphone et s'éloigne à nouveau. La circulation de la ville, la voix métallique annonçant le départ des trains forment un bruit de fond assourdi par les fines parois de ce préfabriqué, lieu de paix temporaire pour la femme errante que je suis.

Lorsqu'elle revient, la porte claque, le garçon se redresse brusquement.

— Je viens d'appeler tous les bénévoles accueillants de la ville. Ils sont tous débordés. Trop de jeunes à loger. Mais on a de la chance, des chambres viennent de se libérer chez Brigitte.

Elle se tourne vers moi et me demande si moi aussi j'ai besoin d'un hébergement. J'acquiesce sans un mot et elle ne cherche pas à en savoir plus sur ma situation. Elle dit simplement en me tendant un bout de papier sur lequel elle a noté une adresse :

— Vous y serez accueillis.

Ensemble, Ibrahim et moi, nous quittons le local associatif et suivons ses indications. Le garçon m'aide à porter mon sac. Nous marchons côte à côte au soleil dans ces rues qu'il traverse avec bien plus d'assurance que moi.

Je remarque que ses chaussures sont en lambeaux, les deux semelles sont décollées. Je me demande comment il peut marcher si aisément avec des souliers en si mauvais état.

Quand nous arrivons devant une grande et belle bâtisse ocre, il m'indique du doigt le numéro, je confirme d'un signe de la tête. Le perron mène au hall de l'hôtel. Nous gravissons les marches, sonnons et entrons sans avoir à attendre puisque la porte est ouverte. C'est une maison bourgeoise et décrépite, imposante de l'extérieur, comme à l'intérieur.

Nous nous tenons là sans un mot, dans la pénombre de l'entrée lorsque après un long moment d'attente l'hôtelière nous rejoint. Elle entre comme une bourrasque par une porte battante qui jouxte l'escalier. C'est une femme ronde et blonde. Solaire et directe.

— Toi, tu dois être Ibrahim !

Il acquiesce alors qu'elle attrape une clé derrière elle et la lui tend en lui indiquant l'étage où se diriger.

Elle se tourne ensuite vers moi. Je suis en apnée, inquiète mais, tout comme la bénévole du centre d'accueil de la gare, elle ne me demande rien, n'essaie pas de savoir pourquoi je suis là. Peut-être comprennent-elles ce que cela me coûterait de devoir parler. Elles ont en commun cette délicatesse.

L'hôtel accueille aussi bien des jeunes en difficulté que des touristes, si tant est que la présence de réfugiés ne les dérange pas.

Je sors ma carte bleue et paie, elle me donne la clé de ma chambre. Je monte le large escalier de pierre en laissant glisser ma main sur la rambarde en bois dont j'aime le contact. Derrière le délabrement actuel, j'imagine le faste passé de cette maison cossue. Au deuxième étage, où je me rends, des enfants se courent après en riant, alors que je contourne un homme en short, pieds nus, assis sur une marche.

Ce n'est pas un hôtel tel que je les connais, pas un lieu de passage silencieux et ouaté, mais un lieu de vie, où le temps s'étire. C'est un de ces meublés qu'on trouve près des gares et qui servent à quelques rares vacanciers mais surtout à ceux qui n'ont nulle part où aller, un de ces hôtels où l'État loge les familles à la rue et où l'Aide sociale à l'enfance envoie parfois les adolescents migrants. C'est aussi vers cet endroit que les associations se tournent lorsqu'elles sont débordées. Il y a là une atmosphère particulière, quelque chose qui ne correspond pas à l'idée que je me faisais des hôtels sociaux.

Arrivée sur le palier, je suis le long couloir menant vers la chambre qui m'a été allouée. Une fois la porte fermée et malgré l'agitation alentour, la pièce me fait immédiatement penser à une cellule monacale, une cellule au cœur d'un monde en pleine agitation, une alcôve poreuse à ce qui l'entoure.

Me parvient à travers les parois le bruit des téléviseurs et des postes de radio.

Je m'assieds sur le lit et regarde autour de moi. C'est une petite pièce propre. Un lit simple aux draps immaculés collé au mur et un petit bureau sous la fenêtre. Un coin douche et des WC dans le fond sont cachés par un vieux paravent.

Je me lève pour regarder dehors, la vue donne sur l'arrière du bâtiment, des jardinets abandonnés servant d'entrepôts en cette saison hivernale, une balançoire rouillée, une voiture sans roues, du matériel de chantier.

Des maisons plus ou moins entretenues et des immeubles bas forment un paysage hétéroclite.

Dans cette chambre d'hôtel d'une ville du Sud que je ne connais pas, me reviennent soudainement en mémoire les souvenirs de mon arrivée à Paris, il y a vingt ans. Nous y étions, mes parents et moi, venus en train. Ils m'accompagnaient pour mon installation dans une chambre de bonne.

Ma mère l'avait trouvée en discutant avec une Parisienne qui possédait près de chez nous, en Normandie, une maison de campagne. Elle lui avait proposé que j'occupe cette chambre qui leur servait de débarras depuis le départ de leur plus jeune fils.

Je n'avais pas encore dix-huit ans, j'avais mon bac en poche et une admission dans une prestigieuse classe préparatoire littéraire. Mes parents ne savaient pas ce que cela signifiait, mais mon professeur de philosophie s'était déplacé chez nous pour leur parler : « C'est une chance pour Isabelle. » Alors ils avaient fait le nécessaire pour rendre possible ce qui était bien pour moi.

Ils étaient rassurés de me savoir dans le même immeuble que cette dame qui était leur seule connaissance à Paris. Rassurés également de me savoir dans un quartier cossu, bourgeois, excentré et tranquille, très loin du Paris vivant et métissé où j'ai aimé vivre ensuite avec Vincent.

Une fois le bail signé, ce jour-là, nous avions passé la journée à nous promener dans les rues du XVIe, remontant jusqu'au Trocadéro, émerveillés par la largeur des avenues et le faste des immeubles haussmanniens.

Arrivés sur l'esplanade du Trocadéro, nous nous étions arrêtés pour admirer la tour Eiffel, silencieux, recueillis. Puis mon père, dont le regard ne quittait plus l'édifice, avait dit « C'est rien grand... » (une expression de chez nous qui signifie « C'est bien grand »), avant d'ajouter impressionné : « Il en faut du génie pour réaliser une construction pareille. »

Nous avions marché jusqu'aux Champs-Élysées. Ma mère s'arrêtait devant les vitrines de luxe, me prenait par le bras et risquait de s'évanouir chaque fois que son regard s'arrêtait sur un prix. Elle pouffait de rire en s'exclamant : « Jésus, Marie, Joseph, qui peut bien s'offrir ça ? »

Nous étions des touristes éblouis et intimidés. À cet instant, j'étais encore des leurs. Nous regardions la ville avec le même regard.

Ensuite, nos vies perdraient leurs codes communs. Peu à peu, au fil du temps, de mes études et de mes rencontres, nos existences ne seraient plus faites des mêmes références.

Nous étions fatigués par le bruit, l'agitation et l'émotion accumulée au cours de cette journée, mais nous retardions le moment de la séparation.

J'aurais voulu que le temps s'arrête, prolonger ce moment et rester encore un peu leur petite fille. De la même façon qu'aujourd'hui, je m'apprêtais à changer de vie. Une boule dans la gorge m'empêchait de parler. Ma mère me tenait la main comme si j'étais une enfant ; mon père tentait, bourru et maladroit, une blague pour détendre l'atmosphère.

Effrayée et fascinée par l'idée de les voir s'éloigner, j'avais tout de même fini par les raccompagner gare Saint-Lazare.

Sur le quai, nous étions de plus en plus silencieux, mais aucun d'entre nous n'avait pleuré au moment du départ. On m'avait formée à garder mes larmes pour moi et j'avais attendu, pour les libérer d'être seule, dans ma chambre de bonne.

Je me revois alors, comme par superposition de ces instants décisifs qui façonnent l'existence, face à ce paysage hétéroclite, dans cette ville du Sud qui m'est aussi étrangère que Paris le jour de mon arrivée, et je ne pleure pas. Aujourd'hui, je n'ai plus de larmes.

Dans cette chambre d'hôtel, j'ai subitement le sentiment d'être à ma place, de ne plus devoir faire semblant, je me sens physiquement dans la zone d'inconfort qui correspond à mon état psychologique depuis des mois : en exil volontaire de ma vie.

Mon père dirait : « Un temps passe et l'autre vient. » Mais pour l'instant, je suis à l'arrêt.

Ibrahim

La dame de l'association, celle qui a les cheveux coupés comme un garçon, s'est rendu compte que je n'en pouvais plus parce que cette fois-ci elle a téléphoné pour me trouver un endroit où dormir.

Avec moi, il y avait cette femme étrange qui avait l'air perdue. Elle aussi, elle doit être loin de chez elle. Elle est absente, elle ne voit pas vraiment ce qui l'entoure, comme s'il y avait un mur entre elle et le monde.

La bénévole nous a donné l'adresse et nous y sommes allés ensemble. Non, en fait elle m'a suivi, sinon je crois qu'elle ne serait jamais arrivée nulle part, vu son état.

Ici, je peux enfin me reposer. C'est propre et confortable. J'ai un lit pour moi, une douche pour me laver. Je suis à l'abri de la pluie et du froid hivernal, des vols et des gens mal intentionnés. Je peux me détendre.

Mon corps est fatigué. Chaque mouvement me demande un effort, alors je reste allongé pour reprendre des forces.

Je partage ma chambre avec un garçon de mon âge, lui aussi guinéen.

Je ne veux pas trop lui parler. Chacun s'occupe de ses affaires. De toute façon, j'ai appris, depuis que je suis parti, à être sur mes gardes, à ne compter sur personne et à ne pas m'attacher. Je sais juste qu'il s'appelle Alphonse, qu'il vient de Conakry et qu'il connaît un petit peu le français. On ne parle pas du voyage. Je ne sais pas quelle route il a prise, mais je sais à quoi ça ressemble. Et ça me suffit.

Je voudrais oublier ce périple, mais même quand j'essaie de toutes mes forces, les images entrent dans ma tête et me font mal. Et puis je dois m'empêcher de penser que j'ai fait tout ça pour rien, que je n'ai même pas pu aider maman et le bébé. Ne penser qu'à papa, voilà ce qu'il faut.

Ne penser qu'à papa et dormir au chaud.

Isabelle

L'hôtel est bruyant : les chuchotements le soir, les éclats de rire, les pleurs assourdis dans la ouate des oreillers, les portes qui claquent, les télés allumées de jour comme de nuit, les enfants qui jouent dans le couloir, les bébés qui réclament. Je me suis réveillée tôt après une nuit fragmentée, mal à l'aise avec toute cette intimité qui parvient jusqu'à moi. Je ne suis pas habituée à tant d'agitation, à autant de vie sous un même toit.

Je descends pour prendre mon petit déjeuner et découvrir ce lieu qui ne ressemble à rien de familier. La salle à manger donne sur une courette sans charme, c'est une longue pièce blanche dans laquelle de grandes fenêtres laissent entrer la lumière. Le mur opposé est égayé par des posters vieillis de la promenade des

Anglais, du vieux port et des musées d'artistes majeurs qui font la fierté de la ville.

Hommes, femmes et enfants forment parfois ce qui semble être des familles. De jeunes garçons et quelques rares jeunes filles sont attablés par petits groupes. Certains d'entre eux sont déjà prêts à partir travailler, quelques écoliers ont posé à côté d'eux leur cartable quand d'autres, en tongs et T-shirt malgré le froid, prennent leur temps.

Des langues que je ne connais pas parviennent à mes oreilles, s'y mêlent quelques mots de français et d'anglais auxquels je me raccroche pour tenter de comprendre.

J'apprendrai avec le temps le nom des dialectes, les langues de chacun, j'apprendrai la géographie d'endroits que j'ai du mal à situer sur une carte, de régions dont je n'imagine pas les paysages, les rites, les modes de vie.

Je m'assieds dans un coin de la pièce pour prendre mon petit déjeuner. J'ai faim ce matin et rien ni personne ne m'attend, alors je prends mon temps. Le jeune garçon d'hier arrive à son tour et va s'installer de l'autre côté de la salle à manger. Il semble reposé, plus calme, moins inquiet. Ses yeux ne s'agitent pas autant que la veille.

Je lui souris lorsque nos regards se croisent et j'en suis surprise. Depuis combien de temps n'ai-je pas souri à quelqu'un ?

Ibrahim

Cette nuit, j'ai dormi douze heures. J'aurais bien dormi encore, mais j'avais trop faim. Alors je suis descendu pour prendre mon petit déjeuner.

Je dois faire attention quand je suis affamé parce que je dévore et après je suis malade.

La nourriture est trop riche ici, trop de pain, trop de gras, trop de sucre.

Dans la salle à manger, je croise la femme d'hier, celle qui est arrivée avec moi à l'hôtel. Je ne comprends pas ce qu'elle fait là. Elle est propre et bien habillée. Elle a l'air d'avoir de la richesse. D'habitude, je ne regarde pas les gens, je garde toujours la tête baissée pour qu'on ne me remarque pas, mais quand je m'assieds, je l'observe. Ses beaux yeux clairs sont tristes. Pourtant elle relève la tête et me sourit et ça me donne un petit peu de courage.

Je remonte dans ma chambre. Comme Alphonse n'est pas là, je suis tranquille pour appeler mon père. Depuis le dernier appel, j'ai toujours peur d'une autre mauvaise nouvelle. Mamadou est sûrement rentré chez lui pour les fêtes du village. La famille de mon ami habite à cinquante mètres de chez nous et bien qu'il vive désormais à Conakry, il revient souvent à la maison.

Mon père et les voisins n'ont pas de téléphone, alors c'est toujours par lui que je passe.

Depuis que nous sommes enfants, nous sommes comme des frères. Nous veillons l'un sur l'autre comme le font nos familles depuis toujours. Avant de me passer papa, Mamadou me met en garde :

— Tu sais, Ibro, il ne se plaint jamais, mais il n'a plus de forces, il n'arrive plus à se lever et il a du mal à se nourrir, mais toi, mon frère, tu ne dois pas t'inquiéter, tu as assez à faire là où tu es. Nous, on s'occupe de lui et de la maison.

Lorsque Mamadou lui tend le téléphone, la voix de mon père est faible, son souffle est court, son timbre las et pourtant il me gronde :

— Ibrahim, pourquoi ne m'as-tu pas donné des nouvelles ? Pourquoi tout ce temps sans appeler ?

Je ne lui ai pas parlé depuis que je suis en Europe. Je ne l'ai pas prévenu que j'essaierais de franchir la mer pour ne pas l'inquiéter. Personne ne sait encore là-bas que je suis passé de l'autre côté.

Je lui dis :

— Papa, tu sais, j'ai traversé la Méditerranée. Je suis en France maintenant.

Un long silence de l'autre côté du téléphone, un soubresaut, des larmes étouffées et enfin son soulagement. Il est si heureux que ça me remplit de joie. Nous rions ensemble comme si tout allait bien maintenant, comme si j'étais en sécurité et que la vie pouvait redevenir comme avant, comme si rien de ce que nous avons vécu n'était vrai, ma mère et le bébé, sa maladie, la route, moi dans ce pays étranger, loin de mon village.

Puis tout à coup, il cesse de rire et me dit ces phrases qui me font mal et qui tournent dans ma tête depuis :

— Mon fils, il n'y a plus rien ici pour toi. Fais ta vie, Ibrahim, fais ta vie là-bas et surtout ne te retourne pas. Moi je suis tranquille, je peux mourir en paix, maintenant.

Je ne veux pas l'entendre. Ça me fait trop mal. Je lui dis que bientôt je pourrai lui envoyer de l'argent, que bientôt, le docteur pourra le soigner. Il ne me contredit pas, pour ne pas ajouter à ma peine, mais son silence ne me laisse pas d'espoir. Au fond, je sais que je ne le reverrai pas.

Isabelle

Lorsque je sors me promener pour découvrir la ville, je l'aperçois dans le square voisin. Il est debout, il s'est approché d'un groupe de jeunes de son âge qui semblent provenir de différents coins du globe. Orient, Asie, Afrique. J'essaie de deviner de quels pays ils sont originaires. Il me semble qu'il y a là quelques Afghans, des Pakistanais, peut-être des Syriens ou des Irakiens, mais la plupart d'entre eux semblent provenir d'Afrique subsaharienne, peut-être sont-ils Maliens, Guinéens… Lui est en retrait, il observe et écoute. La discussion est très animée.

L'un d'eux tient une lettre à la main et se tape la tête avec l'autre, il a reçu une nouvelle à laquelle ses compagnons prennent part.

Tout à coup, alors que j'ai ralenti le pas et que je les observe depuis l'autre côté du square, je suis prise de panique, je me dis que je n'aurais pas dû partir. Je me demande ce qui m'a pris. Comment organiser ce vide qui me saisit, ces journées sans perspectives ? À Paris, je pouvais me perdre dans mon quotidien : les cours, les copies à corriger, le ménage, le linge, les courses. Des journées organisées mécaniquement, utilement.

Ici, comme eux, je n'ai pas de but pour meubler ma journée. Comme eux, je suis partie parce que rien ne pouvait exister là-bas, pour ne pas mourir à petit feu, parce que je ne voyais pas d'autre issue à mon existence.

Mais leurs aspirations, malgré la rudesse de leur parcours, n'ont rien à voir avec mon état. Alors que je n'attends rien, eux espèrent tout.

Je me sens si vieille. J'ai le sentiment que tout ce que j'ai souhaité fait partie du passé. Que mon bonheur s'est interrompu brusquement, rendant son souvenir encore plus douloureux.

Maintenant je le sais bien plus qu'alors : longtemps, nous avons été heureux, Vincent et moi.

Lorsque je l'avais rencontré, j'avais été intriguée par cet homme doux et fin, par l'assurance tranquille qu'il dégageait. C'était chez des amis communs. Il était venu s'asseoir à côté de moi. Il m'avait fait rire en me racontant ses premières découvertes d'enfant, sa passion pour la physique et les systèmes mécaniques. Il avait réussi à m'intéresser à un sujet qui m'était absolument étranger. Je m'étais sentie suffisamment en confiance pour lui parler de ma solitude au même âge, de mon coin de campagne, de ma difficulté avec les matières scientifiques et de mon incapacité patente pour l'expérimentation. Et de mon goût pour ce qui donnait la possibilité de dire, de raconter, d'être précis : la grammaire, la conjugaison et l'orthographe. J'aimais la langue en général et la littérature en particulier. Nous étions aussi différents que deux êtres peuvent l'être, mais nous étions repartis ensemble. Nous avions marché longtemps dans les rues de la ville, pour ne plus nous quitter.

Il venait d'être embauché comme ingénieur de recherche dans le service d'innovation d'une société d'électricité, pour y développer les énergies de demain. Ce n'était pas encore dans l'air du temps, pas encore une évidence face à la fragilité des ressources, pas encore une inquiétude flagrante pour la planète et pour ses habitants.

C'était un inventeur de possibles, de chemins de traverse. Il était heureux, passionné, à sa place dans le monde.

J'enseignais déjà dans ce collège d'une banlieue difficile. Je n'avais toujours pas quitté ma chambre de bonne lorsque nous avions décidé de vivre ensemble. Nous avions choisi ce petit appartement sous les toits que nous avions aménagé, surpris d'être toujours d'accord sur la couleur des rideaux, le choix du canapé, l'aménagement du bureau.

Fiers de nos métiers et entourés d'une bande d'amis solide que nous avions constituée au fil du temps, notre vie était épanouie et insouciante, faite d'un quotidien professionnel satisfaisant et du plaisir de nos moments partagés. En fin d'après-midi, nous aimions aller voir une expo en nocturne ou un film, nous raconter notre journée autour d'un verre au bord du canal, choisir le menu qu'il nous préparerait pour le dîner. Je me contentais de l'assister, peu confiante en mes talents culinaires. Le soir, je me collais contre lui et tout était calme et serein. Rien ne pouvait ébranler la foi que nous avions dans la vie.

En réalité, nous n'en connaissions rien.

Il était ma première et ma seule relation durable, moi qui n'avais ni accumulé les histoires d'amour ni vraiment eu d'amis. Trop sauvage pour me confier, pour partager. J'étais une solitaire, la digne fille de mes parents et il me semble aujourd'hui qu'il était un peu le confident que je n'avais jamais eu. Nous étions bien ensemble, mais quelque chose nous tenait à distance d'une intimité dont nous ignorions même la possibilité. Convaincus que nous avions là tout ce que la vie pouvait nous offrir : quelqu'un que l'on retrouve le soir, un appartement commun, des métiers qui nous plaisent.

Ensemble, tout était facile, évident. À tel point que nous avions été surpris d'avoir du mal à concevoir un enfant. L'attente, la tension, la déception chaque mois renouvelées. Mais il balayait ça d'un revers de la main. Il croyait à la science et aux statistiques. Il m'accompagnait confiant à chaque rendez-vous médical, chaque examen, puis chaque FIV. Nous envisagions ensemble les étapes de ces protocoles médicaux de plus en plus contraignants. Nous étions soudés. Jamais le doute n'était possible. Son état d'esprit ne le permettait pas.

Bien que mon corps soit devenu le chantier d'une construction qui ne voulait pas prendre, je n'osais m'opposer à son optimisme. J'aurais eu l'impression de briser un pacte inconscient entre nous.

Et la vie lui avait donné raison. J'étais enfin tombée enceinte, un émerveillement pour moi, une évidence pour lui.

J'avais perdu les eaux un soir d'été, un liquide chaud s'était répandu entre mes cuisses. Nous étions là, Vincent et moi, les yeux rivés au sol l'un et l'autre, une petite flaque transparente sur le carrelage de la cuisine. Il avait souri.

— Qu'est-ce qui t'arrive ?

— Je crois que c'est aujourd'hui.

Vincent avait écarquillé les yeux puis il s'était mis à aller et venir dans l'appartement, paniqué, sans but, avant de reprendre ses esprits. Il s'était alors affairé pour préparer mon sac, m'interpellant depuis la chambre :

— J'ai pris trois pyjamas mais les bodys, j'en mets combien ?

J'étais allée me changer puis, assise sur le canapé, je le regardais passer d'une pièce à l'autre en riant. Il était survolté, heureux. Je savourais ces instants avant la naissance.

— Ça y est, on est prêts, avait-il dit ensuite, en m'aidant à me relever.

Nous avions marché main dans la main jusqu'à la maternité, dans l'air frais de cette soirée de printemps. Nous avions hâte. Nous l'avions désiré, espéré cet enfant qui s'était fait attendre.

Un bébé né à terme, accueilli par une sage-femme douce et délicate, qui avait juste été là pour nous aider à le mettre au monde, sans autre intervention que les encouragements de Vincent, à mes côtés, ébahi, heureux.

La sage-femme avait eu ce geste qui nous avait émus tous les deux, elle avait posé une main sous la nuque de notre enfant pour accompagner son mouvement et l'autre devant ses yeux pour filtrer l'éclairage froid de l'hôpital, retardant ainsi l'éblouissement que provoquent les lumières artificielles du monde. Une naissance simple, heureuse.

C'était un bébé à la peau lisse, aux cheveux noirs, touffus.

Ibrahim

Après avoir raccroché, je descends voir les autres garçons au square pour ne pas penser. Je dois garder mes forces pour honorer les espoirs de mon père.

Je n'ai pas fait tout cela pour rien. Tout ce voyage pour ne plus avoir personne là-bas, à la maison. Je suis triste et en colère.

Les garçons parlent d'une lettre que l'un d'eux a reçue. Il est paniqué. Les autres se passent le courrier, le tournent et le retournent pour voir à quoi il ressemble.

Le jeune vient de Guinée-Conakry. Il est apprenti dans un restaurant et vient d'avoir dix-huit ans. L'Aide sociale à l'enfance lui a demandé de quitter l'appartement qu'il occupait et il serait à la rue si Brigitte, la patronne de l'hôtel, ne l'avait pas recueilli.

Il est là contrarié, inquiet. Il s'agite et dit en soussou, prenant à témoin ceux qui comme moi le comprennent :

— Mais pourquoi ? Ils ont besoin de moi en cuisine. Le patron veut m'embaucher en CDI à la fin de ma formation. Il sait qu'il peut toujours compter sur moi quand les autres sont absents. Jamais je ne refuse de faire des heures supplémentaires ou de venir en renfort à la dernière minute. J'accomplis toutes les tâches en cuisine pour que ça se passe bien : préparer les ingrédients, éplucher les légumes, faire la plonge, ranger derrière les cuisiniers, nettoyer en fin de service. J'anticipe toujours les besoins de tout le monde. Alors pourquoi ?

L'un des garçons parcourt le courrier des yeux et lui dit que le délai est court pour contester une « OQTF », et qu'il faut qu'il prenne rendez-vous en urgence avec un avocat. Entre-temps, il doit rassembler tous les documents pour prouver sa bonne intégration et fournir son contrat de travail. Je demande à mon voisin ce que signifient ces lettres, « OQTF ». Il me répond : « Ça veut dire que tu dois partir, c'est une obligation de quitter le territoire français. »

Je retiens toutes ces informations.

Nous passons tous par des situations semblables pendant le voyage. Nos aspirations se ressemblent et nous sommes à chaque étape si seuls et si nombreux à la fois. Rien n'est facile et la rue est notre horizon le plus immédiat.

Je vois bien ceux qui n'ont pas eu de chance, à qui on a refusé de l'aide à plusieurs reprises et qui n'ont plus d'espoir. Ils vivent dehors, à la merci de toutes les violences, depuis trop longtemps. Je les vois traîner dans la rue, ils ont baissé les bras. Ils savent la dette qui est la leur au pays, l'espoir que ceux qui ont participé aux frais du voyage ont placé en eux et la honte qui aujourd'hui les empêche de rentrer. Ils parlent seuls, se laissent aller, tombent parfois dans la drogue. Coincés ici, loin de chez eux, devenus fous de ne plus savoir où aller.

Mais moi, je suis fort. Je veux croire que ça ne m'arrivera pas. Dieu me vienne en aide. Maintenant que j'ai un endroit pour dormir, je vais retrouver de l'énergie pour pouvoir vite travailler.

En Algérie, j'y ai cru. Je pensais que ce serait la libération, que ma vie allait pouvoir commencer. Trouver un emploi, avoir un logement, aider mes parents. Mais au contraire, pendant des mois, j'ai travaillé comme manutentionnaire, j'ai fait tout ce qu'on me demandait, j'ai supporté les heures dans la chaleur et la saleté. J'acceptais qu'on me batte et qu'on m'humilie.

Puis j'ai compris que je n'arriverais à rien d'autre qu'à survivre si je restais là-bas, que jamais je ne rembourserais ce que je devais, qu'en voulant sauver les miens, je les avais fragilisés encore plus en les privant de mes bras. Je n'avais été qu'un idiot. L'argent dépensé en route risquait de condamner ma famille à abandonner ses terres.

J'étais alors obligé de travailler pour avancer sans vraiment savoir où me rendre. Je n'avais aucun projet établi. Je vivais dans des ghettos pour migrants comme il en existe tout le long de la route entre la Guinée et la Méditerranée. C'est là, en Algérie, en appelant Mamadou, que j'ai appris la nouvelle. Je sentais bien qu'il se passait quelque chose. Sa voix était grave. Il ne voulait pas me parler puis la ligne a été coupée. J'ai essayé plusieurs fois, mais il ne répondait pas.

C'est mon père qui m'a rappelé plus tard, sa voix était si triste. Il m'a dit :

— Ibrahim, N'gah et le bébé sont morts.

Un accouchement difficile et pas de médecin chez nous au village pour les sauver.

Quand j'ai raccroché ce jour-là, je voulais m'endormir pour toujours. Je n'avais plus de maman, plus de repères, plus de maison.

J'ai suivi des camarades jusqu'en Libye, m'y arrêtant pour gagner un peu d'argent et en repartant dès que cela a été possible. J'ai eu de la chance parce que beaucoup de ceux que j'ai connus sont encore coincés là-bas, en enfer. Moi je n'ai fait que le traverser, j'étais comme un automate, je ne ressentais plus rien. Quand je suis arrivé au bord de la Méditerranée, nous vivions dans des abris abandonnés, dans des grottes humides et sales. J'ai compris qu'il fallait franchir la mer, tenter l'Europe ou mourir.

Isabelle

Je m'éloigne du square ce matin-là. J'arpente les rues et ruelles, je tente de m'orienter dans cette ville que je découvre, la netteté des trottoirs, la propreté des avenues, la ville bourgeoise et commerçante qui s'organise autour de l'avenue Jean-Médecin. Je me dirige vers la mer, mais je veux d'abord traverser la vieille ville, les ruelles terre de Sienne, l'ocre et le rose des immeubles, les rues étroites et les placettes. Je déambule, le nez au vent, me berçant de l'illusion que je pourrais être une touriste, une voyageuse insouciante, de passage. Je m'installe au soleil sur le cours Saleya. Une femme s'assied avec son nouveau-né à une table voisine. Elle prend l'enfant dans les bras, ses petits poings se desserrent doucement, son visage endormi s'anime, je sens mon ventre se tordre, l'angoisse monter, la jeune femme se tourne vers moi. Elle est radieuse et me sourit. Je détourne la tête, je ne peux pas. Je me lève, pose de la monnaie sur la table et m'éloigne pour rejoindre la promenade des Anglais.

Ici, la mer m'apaise. Comme chez moi, en Normandie, elle lèche de petits galets plus ou moins lisses, plus ou moins ronds. J'aime les sentir entre mes doigts, caresser leurs faces polies.

Enfant, je cherchais les plus beaux, les plus gros, les plus plats, ceux qui étaient en forme de cœur, de goutte ou de Barbapapa. C'était en été, le dimanche, et c'était exceptionnel. Mes parents et moi allions à la mer pour manger une glace et nous étendre au soleil. Nous ne parlions pas, nous partagions des instants silencieux.

Au fond, je ne sais rien d'eux, et j'en suis subitement surprise. Je ne me suis jamais posé la question de qui ils étaient. Comme s'ils n'avaient rien éprouvé, jamais connu le doute, la peine. Comme si au cœur de cette chaleur qu'ils avaient su créer, dans cette maison dans laquelle ils vivaient ensemble, sans accrocs, ils étaient restés cloîtrés chacun en eux-mêmes.

Alors que la mer me caresse les pieds, je repense à cette expression qu'utilisait mon père lorsqu'on lui demandait « Ça va ti ? » et qu'invariablement, je l'entendais répondre « Mieux qu'le temps », cette expression qui clôturait toute tentative de discussion :

rien sur les difficultés de la ferme, rien sur son cœur fragile, rien sur le chagrin éprouvé à la mort de son jeune frère. Comme par politesse, pour ne pas embarrasser les autres avec ses peines.

Je n'en sais pas plus sur ma mère, cette présence affairée et tranquille, cette femme forte et silencieuse. Juste parfois une pression de sa main chaude, ma main dans la sienne qui me tient et me retient.

Avec la distance, à neuf cents kilomètres de Vincent, je suis capable de faire un lien entre la façon d'être au monde de mes parents et ma propre difficulté dans le drame. Moi qui ai besoin de tout comprendre, de tout expliquer, je suis perdue. Je n'ai aucun outil pour venir à mon secours.

Alors qu'en remontant vers l'hôtel, j'essaie de m'imaginer rentrer à Paris, sonner à la porte de notre appartement, je comprends que je ne peux pas. J'ai beau effleurer du doigt ce qui nous a éloignés, Vincent et moi, si je rentrais, nous replongerions ensemble.

Chaque matin, quand je descends dans la salle à manger, le jeune garçon est là, installé près de la fenêtre, à la même place. Ça me rassure de le retrouver. Il m'est familier comme le serait un compagnon de voyage.

Alors un jour, je me dirige vers sa table et pointe du doigt la chaise pour m'asseoir avec lui. Il acquiesce timidement. Je lui tends la main : « Je m'appelle Isabelle. » Il est décontenancé, hoche la tête sans vraiment la lever et dit doucement, presque pour lui-même : « Ibrahim. »

Alors que tout contact m'est compliqué, avec lui je n'ai pas besoin de faire semblant. Nous sommes l'un et l'autre en suspens. Nous ne craignons pas le silence et cela nous unit.

Nous mangeons sans une parole et lorsque je lui demande le lait, il me regarde d'un air interrogatif. Je montre du doigt la bouteille en répétant distinctement le mot. « Ah ! », souffle-t-il, comme s'il venait de faire la plus belle des découvertes, de percer un mystère. À son tour, il dit : « Lait. » Je recommence en lui demandant cette fois le « pain ».

Un jeu se met alors en place entre nous, un jeu improvisé né du plaisir qu'il manifeste à répéter chaque mot. Je soulève les objets sur la table et les nomme.

Puis c'est à son tour de dire : « tasse », « café », « cuillère », « sucre », « couteau », « assiette ».

Concentré alors que je lui apprends les mots les plus banals. Ces mots dont il semble apprécier la valeur, comme une promesse, la possibilité d'une vie ici, une attention portée à sa personne.

Face à ce garçon à qui l'apprentissage donne du courage, quelque chose se réveille en moi, quelque chose d'enfoui, mais qui me constitue depuis toujours. Je ressens ce qui m'avait portée, soutenue dans ma solitude d'enfant et qui avait décidé de ma vie d'enseignante. Grâce aux mots, je me sentais moins seule, j'accédais aux livres, aux histoires qui me permettaient d'appréhender le monde différemment. J'entrevoyais la possibilité d'entrer en relation avec les autres.

Je revis ce plaisir de pouvoir nommer, qui illumine, explique, rassure, donne un sens à la vie.

Avec Ibrahim, tout redevient simple, utile, nécessaire.

Ibrahim

On se retrouve dans la salle à manger pour prendre le petit déjeuner avec Isabelle, la femme qui est arrivée en même temps que moi. Elle m'apprend un petit peu de français. Ça va m'aider pour l'évaluation. Les autres garçons disent que je pourrais peut-être aller à l'école. Ici, il paraît que c'est gratuit. C'est la France qui paie pour que tous les enfants, riches ou pauvres, aient une éducation. C'est obligatoire et dès qu'on le peut, on paie des impôts pour permettre à chacun d'en bénéficier.

Mais l'urgence, pour moi, maintenant, c'est la santé de papa.

J'ai repris des forces et je voudrais trouver un travail. On m'a dit de faire attention, de ne pas prendre de risques, de ne pas me faire contrôler. On pourrait me renvoyer.

Alors, comme les autres garçons, je tourne en rond, je joue sur mon téléphone, j'écoute de la musique, je regarde la télé.

Je suis retourné à l'ASE pour demander quand aurait lieu mon évaluation.

Ils m'ont dit qu'ils m'appelleraient bientôt pour me donner une date de rendez-vous. Ils décideront de m'aider s'ils croient que je suis bien mineur. Mais je pourrais aussi mentir pour qu'on s'occupe de moi. Dans ce cas-là, ce serait la rue. Beaucoup de garçons ne veulent pas aller à l'ASE, ils pensent que c'est risqué, qu'on peut t'attraper et te renvoyer à la frontière.

Ici, on attend. On passe notre temps à attendre : une convocation à la préfecture, un entretien avec un avocat, une évaluation, un rendez-vous administratif ou le moment de repartir quand il n'y a plus rien à espérer.

Les journées sont longues et j'ai toujours ce mal de ventre qui me plie en deux par moments.

Heureusement, je commence à me faire des copains. Nous avons acheté un ballon et nous allons jouer sur un terrain de foot dans un autre quartier de la ville.

Là-bas, nous avons rencontré des jeunes d'ici. Ils veulent nous vendre plein de choses, ils ont de beaux habits et de belles chaussures. Ça me fait envie et j'espère qu'un jour, moi aussi, je pourrai être habillé comme ça.

Mamadou, il serait fou s'il voyait tout ça… Parfois, j'ai l'impression de découvrir les choses à sa place, avec ses yeux, tellement il me manque. Ils vendent même les chaussures de Messi.

Il vaut mieux que ce soit moi qui sois là, parce que lui, il ferait le malin, il frimerait et ne se méfierait pas. Il croit toujours qu'il est plus fort que les autres, alors que moi je me tiens sans cesse sur mes gardes, surtout en étant à l'autre bout du monde.

Ils veulent nous vendre des drogues, hachisch, cocaïne, crack, et aussi des médicaments, Rivotril, Diazépam, Kietyl…

Plein de choses. Ils disent : « C'est gratuit, la première fois, pour tester. »

J'aurais bien pris les Nike pour essayer « gratuitement » comme ils disent… Mais la drogue, ah ça non ! j'ai donné.

Je n'ai pas d'argent et je veux garder la tête bien claire. Ils profitent de la faiblesse des migrants, ils savent que quand tu n'en peux plus, tu es prêt à prendre n'importe quoi pour supporter le désespoir et après tu ne peux plus t'arrêter.

En Algérie, j'ai beaucoup consommé de Rivotril pour oublier et je ne veux pas recommencer.

Ne pas rater ma chance. Souvent, elle ne se présente qu'une fois et après tu as toute la vie pour pleurer.

Isabelle

Ibrahim m'attend désormais le matin. Il relève un peu la tête, il semble me guetter et quand il me voit, son visage se détend.

Il a tout préparé, tout ce que j'aime, le thé brûlant, le lait, les fruits, les biscottes et la confiture d'abricot, ma préférée. Je bois une gorgée de thé et le remercie.

Lui, ce garçon de quinze ans, a observé ce qui me fait plaisir et il ne se trompe pas. Il sait ce que je bois, ce que je mange. Il prend soin de moi et je souris de son attention.

Commence alors ce qui est devenu un rituel. Je soulève les objets et les nomme. Au bout de trois jours, il sait dire ce qui nous entoure. Je corrige la prononciation, l'encourage. Il prononce le mot « cuillère », peine, reprend, grimace. Ibrahim mémorise vite et en demande davantage. C'est désormais lui qui désigne des objets pour en connaître le nom. Il le répète plusieurs fois avant de se tourner pour trouver autre chose.

Je pose ensuite des morceaux de sucre sur la table et les compte. Nous élaborons ensemble des formes géométriques en ajoutant un cube supplémentaire jusqu'à ce que la pyramide ou le mur cède. Un sucre après l'autre, il apprend les chiffres et les nombres. Puis nous démolissons tout, comme le font les petits enfants avec les châteaux de sable, avant de bâtir à nouveau.

Apprendre à tout recommencer.

D'autres jeunes se rapprochent. Ils sont curieux et tendent l'oreille, glanant tout ce qui pourrait leur permettre de s'intégrer dans ce pays dont ils ont tout à découvrir.

Un petit groupe se forme autour de nous. Ils nous écoutent et répètent les mots à voix basse.

Le petit déjeuner se prolonge ainsi autour des mots que je note sur la nappe en papier. Ils sont penchés sur la table, serrés les uns contre les autres. Attentifs, ils tentent de déchiffrer les lettres que j'inscris en majuscules. Inventaire de mots utiles.

Puis viennent les adjectifs, les verbes pour construire des phrases.

« Le thé est chaud. Le lait est froid. »

Les mots dans leur fonction première.

Je me concentre sur leur sonorité, leur rythme.

J'ai la sensation de les entendre pour la première fois, de les apprendre avec eux. Je m'en émerveille.

Il me semble qu'il s'agit d'un nouveau pays, de nouveaux paradigmes. Pour exister.

Et ce que je fais là, c'est au cœur de mon pays d'enfance que je l'ai appris, au contact de parents aimants et taiseux, attachés à la terre. Pas directement, non, mes parents n'intervenaient pas dans mon apprentissage. Mais alors que certains de mes camarades brillants étaient rabaissés par des parents terrifiés de se voir dépassés par leurs enfants, apeurés de ne pas savoir leur répondre puis de les voir s'éloigner, les miens avaient toujours eu une confiance résolue en mes capacités et avaient pris le risque, sans aucune hésitation, de me voir partir.

C'est à eux que je devais la bienveillance qui avait fait de moi une bonne enseignante, voyant en chacun de mes élèves des compétences là où d'autres doutaient. Cherchant en chaque collégien une identité riche à déployer et balayant d'un revers de la main les critiques de mes collègues, les sceptiques, les défaitistes. J'étais convaincue qu'avec les mots, chacun trouverait sa langue, ses codes pour pouvoir aller librement dans le monde. J'étais là pour les accompagner, les aider à exprimer leurs idées, à prendre confiance en eux.

J'avais perdu brutalement cette foi-là à Paris avant mon départ. Et face à ce garçon venu d'ailleurs, démuni et avide de savoir, j'essaie d'imaginer son père et sa mère. Qui sont-ils ? Où sont-ils ? Dans quel état d'esprit ont-ils laissé partir leur fils ?

Je pense à mes parents, aux sacrifices consentis par les familles de la campagne. Voir leur enfant s'émanciper, partir pour embrasser une autre façon de vivre, voilà ce qu'il leur en avait coûté, sans un mot de reproche, sans une larme qui aurait pu me faire hésiter.

Comme pour ces enfants qui ont parcouru des milliers de kilomètres, construire sa vie à sa mesure veut nécessairement dire s'éloigner physiquement et culturellement des siens. Adhérer à un autre monde.

C'est le lot des enfants migrants poussés par des tragédies ou une nécessité cruelle dont nous ne connaissons rien. Mais comme les enfants des campagnes, ils quittent leurs codes et leur géographie pour s'aventurer dans l'inconnu.

Les journées sont longues depuis mon arrivée.

Le soir avec Brigitte, la patronne de l'hôtel, nous avons pour habitude de nous retrouver dans la cuisine ou sur le perron. Boire une tisane ou un limoncello avant d'aller nous coucher. Je suis assise à côté d'elle, sur les marches. La maison est bruyante, grouille de monde, et c'est un instant de calme et de tranquillité relative que nous savourons souvent en silence. Ce soir, je lui demande si je pourrais utiliser la salle à manger comme salle de classe. Brigitte sourit.

— N'est-ce pas déjà ce que tu fais ?

Nous nous mettons d'accord. Les jeunes doivent d'abord aider à nettoyer et ranger la salle après le petit déjeuner, et la remettre dans sa configuration initiale en fin de cours. Puis, pensive, elle me dit :

— Tu sais, cette maison, c'est l'endroit où j'ai grandi et où j'ai élevé mes enfants.

Elle tourne la tête vers moi, ses paumes sous le menton, ses coudes sur les genoux et continue :

— Quand ils sont partis, j'étais complètement perdue. Leur père et moi, nous nous étions séparés quelques années plus tôt et je me demandais ce que j'allais bien pouvoir faire de cette nouvelle étape de ma vie. J'étais sur le point de mettre en vente la maison pour acheter plus petit, à ma mesure, et puis un soir, en rentrant, j'ai croisé une famille d'Afghans. Ils étaient là, tous les quatre, assis avec leur paquetage sur le banc du square, le père, la mère et deux adolescents à peine plus jeunes que les miens. Ils avaient l'air épuisés. Je leur ai demandé s'ils avaient besoin de quelque chose. Ils ne comprenaient pas, alors j'ai recommencé en anglais et le père m'a simplement répondu : « *We need to rest.* »

Avec eux, la maison a repris vie. Nous cuisinions ensemble, ils aidaient pour les tâches ménagères, nous faisions des parties de backgammon. Puis après avoir repris des forces, ils sont partis vers l'Angleterre, où ils avaient de la famille. C'est grâce à eux que j'ai décidé de transformer la maison en hôtel.

Elle tire tranquillement sur la cigarette qu'elle vient d'allumer, expire en levant la tête vers le ciel.

— C'est grâce à eux que j'ai décidé de transformer la maison. Je ne voulais pas d'un hôtel pour touristes, non, je voulais faire de cet endroit où nous avions été heureux un refuge.

Driss est apparu dans l'embrasure de la porte d'entrée. Il vient lui dire qu'il n'y a plus d'électricité au premier étage. Elle se lève en soufflant, écrase sa cigarette et l'entraîne avec elle.

— Viens avec moi, il faut descendre voir si les plombs ont sauté sur le tableau électrique qui se trouve à la cave.

Je reste assise là, seule, songeuse. C'est une drôle de femme, délicate et simple. Je me sens bien à ses côtés. Elle me transmet une force tranquille, terrienne, tout ce qu'il me manque, à moi qui flotte depuis toujours, démunie du bon sens de mes parents, de leur façon concrète d'envisager chaque instant de l'existence. Elle insuffle son énergie et édicte ses propres règles dans cette maison-refuge et avec elle, tout ce petit monde file droit.

Pas question de laisser à la rue un enfant sans papiers ni argent. C'est grâce à elle qu'Ibrahim est toujours là. Elle se rattrape financièrement avec ceux qui, comme moi, peuvent payer ou avec les institutions lorsqu'elles mettent des sans-toit à l'abri. Elle ne fait pas juste hôtel, c'est un lieu où elle tente d'insuffler de la vie et de la chaleur.

Chez cette Niçoise d'origine, je découvre un bon sens ancestral, pragmatique et sincère, qui lui fait préférer faire chauffer la marmite pour que chacun mange un plat chaud plutôt que de rénover l'escalier décrépi.

Brigitte me montre une nouvelle façon d'appréhender la vie. Non pas déterminée par mes aptitudes intellectuelles ou celles, plus terriennes, de mes parents, mais motivée par une voie différente, plus intime, quelque chose d'évident qui donne sens à chacun de ses gestes.

Une dizaine de jeunes s'activent désormais, chaque matin. Ils débarrassent les tables, se distribuent les tâches. Rapporter les restes, passer l'éponge, le balai et la serpillière, puis ensemble ils rangent la cuisine. Tout est propre et net en vingt minutes.

Je les regarde, amusée, mais quand c'est à moi, lorsque chacun a pris place et que le calme a envahi la pièce, je suis prise de panique. J'ai la tête qui tourne, les yeux qui s'embrument.

Le vertige, une sorte de trac, comme si j'allais entrer en scène ou peut-être simplement revenir dans le monde. Je doute d'en être capable.

Je me revois quelques mois plus tôt. Je m'étais tant repliée sur moi-même que lorsque j'étais retournée au collège après le drame, je jugeais les élèves blasés, inintéressants, alors qu'en réalité c'est moi qui ne trouvais plus aucun sens à mon métier, aucun plaisir à transmettre. J'étais assez lâche pour reporter mon mal-être sur des collégiens. Je m'impatientais, punissais, j'étais cassante, décourageante, aussi intransigeante que les plus odieux de mes collègues.

Je me rappelle avoir détesté le regard plein d'effroi et de pitié des autres professeurs, les chuchotements des élèves, la gêne sur mon passage, le silence des uns, la maladresse des autres, et les vaillants, les courageux venus me voir, prêts à affronter ma tristesse pour m'aider à retrouver la flamme. Je les avais tenus à l'écart eux aussi.

J'aurais dû me mettre en congé. J'étais dure avec moi-même et inapte à la bienveillance nécessaire pour enseigner. Et j'avais honte de ce que j'étais devenue. Une vraie peau de vache.

Mais là, j'ai peur de ne rien avoir à transmettre, je crains de perdre pied à nouveau. Je croise le regard doux, attentif d'Ibrahim. J'y vois un encouragement. Je balaie du regard cette petite troupe de jeunes, concentrés, et je reprends courage.

Tous ont des parcours et des niveaux différents. Beaucoup ne sont jamais allés en classe, d'autres ont suivi l'école coranique. Il y a ceux qui viennent d'arriver et ceux qui sont là depuis longtemps.

Je ne sais pas trop comment m'y prendre, alors je repense à la joie d'apprendre d'Ibrahim et tout me semble utile, puis je me lance.

C'est un peu chaotique, mais très vite ce petit groupe prend ses habitudes, des connivences se créent, quelque chose de commun. Hussein est toujours le premier installé, il arrive habillé avec soin, une mallette à la main. Adama est le boute-en-train de la bande, il fait rire tout le monde, même ceux qui ne parlent pas un mot de français. Driss mâchonne son crayon dans un coin et Fanta se fait les ongles, lime et vernis sur la table, pourtant elle répète à voix basse ce que j'écris au tableau.

Ibrahim

Depuis qu'Isabelle nous fait la classe, mes journées sont mieux occupées. Je m'entraîne le soir en regardant de petites vidéos qu'elle choisit pour moi, je répète les mots devant l'écran de mon téléphone. Parfois, quand je travaille sur le livre qu'elle m'a offert, Alphonse m'aide. Il lit la consigne d'un exercice et me la traduit. Il me corrige aussi quand je me trompe.

Nous discutons un peu plus, maintenant. Quand l'un de nous a le mal du pays, l'autre lui remonte le moral.

Il me raconte sa vie là-bas, à Conakry, il me parle de ses parents sévères, de son père dont il a peur et qui ne lui a pas laissé le choix du départ, à lui l'aîné d'une fratrie de filles.

Ses parents pouvaient l'envoyer à l'école et ils ont économisé depuis toujours pour qu'il ait une bonne vie en Europe. Il était l'élu, celui qui avait pour mission d'aider sa famille à mieux vivre. Ses sœurs lui manquent, sa mère aussi. Il espère bientôt pouvoir leur envoyer des cadeaux.

Comme c'est un garçon de la ville, il est éduqué, il sait beaucoup de choses utiles et il connaît les bonnes manières. Je le regarde et je fais comme lui, à table, en classe ou dans la rue.

Même s'il sait lire et écrire, maintenant il veut bien venir avec moi aux cours d'Isabelle. Elle nous fait travailler par petits groupes en fonction de notre niveau. Alors lui aussi a des choses à y apprendre.

Avec elle, je découvre les lettres, puis les sons, les majuscules puis les minuscules, les accents, les accords. Je m'amuse lorsqu'en classe, elle prononce le « eu » et le « u », elle me fait rire parce qu'elle se moque d'elle-même et de ces sonorités trop difficiles pour nous. « Fleuve », « beurre », « usine », « utile ». Impossible… Je mémorise le « ou » et le « oi », le « on » et le « ai » mais pas le « eu » et le « u ».

Et quand je peux enfin lier plusieurs sons pour faire un mot, je suis heureux. Je me sens libre, comme si le monde s'ouvrait à moi.

Elle insiste sur l'utilité de la syntaxe et de la conjugaison et je ne comprends pas pourquoi c'est important d'apprendre les temps des verbes et les règles de grammaire. Elle dit :

— C'est obligatoire pour que les phrases qui sortent de ta bouche aient le sens que tu veux leur donner.

C'est fatigant d'apprendre. Retenir les mots, se concentrer, répéter. Parfois, j'ai envie de tout arrêter et je le lui dis.

Mais Isabelle est dure avec moi, elle répond :

— C'est important, tu es en train de construire ton avenir.

Mais ce qui compte vraiment, c'est gagner de l'argent. À quoi ça sert tout ce temps passé à apprendre sans pouvoir envoyer un sou à mon père ? C'est maintenant qu'il en a besoin pour se soigner, pas demain. Après ce sera trop tard. Je me retiens de lui raconter la situation dans laquelle il se trouve. De toute façon, elle ne peut rien y faire. Alors je me tais.

J'aimerais bien ne pas m'inquiéter, juste aller à l'école comme on fait ici, pour apprendre, me former, avoir des connaissances et savoir réfléchir. Quand je connais un mot, que je comprends une phrase, je suis fier. Je lui dis « je connais ça » et on est contents ensemble.

Mais quand un jour, en classe, elle me tend un stylo, je suis effrayé.

— Ah, non, non, Isabelle, ça je ne sais pas.

Comment tenir le crayon entre mes doigts ? Je cherche à le coincer entre le pouce et l'index, mal à l'aise. Elle insiste, m'aide à le positionner. Je n'arrive pas à former de belles lettres. J'ai peur qu'on se moque de moi. J'ai honte de ma maladresse. Je vois bien que pour Alphonse et pour d'autres, c'est facile. Leur main glisse sur le papier alors que mes doigts se crispent. Mes lettres sont des bâtons tout raides. Je m'énerve, me sens ridicule, mais je m'obstine. Je recommence, me complique encore la tâche et tente de recopier des lignes de lettres minuscules, bien plus difficiles encore, des lettres liées qui demandent à mon poignet une souplesse qu'il n'a pas. C'est pire. Je me sens humilié, alors je jette le stylo et me lève, contrarié.

— C'est trop difficile, Isabelle, je te l'ai dit mais tu ne veux pas m'écouter.

Isabelle

Quelques mois avant mon arrivée à Nice, une tempête a dévasté plusieurs vallées, en particulier celles de la Vésubie et de la Roya. Dans l'état qui était le mien à Paris, je n'y avais prêté aucune attention, mais arrivée ici, je me suis souvenue d'un voyage fait avec mes parents, une escapade dont les paysages ont participé à nourrir mon imaginaire : moments suspendus, restés gravés dans ma mémoire, ascension faite vers la vallée des Merveilles.

J'aimerais pouvoir y retourner, mais le train ne fonctionne que pour ravitailler la vallée et en désenclaver les habitants. La tempête a fait des victimes et emporté sur son passage maisons, voitures, ponts et routes, isolant tout le territoire.

Alors je patiente et explore les alentours de Nice.

J'ai de plus en plus besoin de mettre mon corps en marche, sortir de la ville le week-end. Je vais nous acheter des chaussures, à Ibrahim et à moi. Je crois que ce qui me fait du bien l'aidera lui aussi. Je lui en ai parlé, mais il a éludé la proposition. Alors je toque à sa porte. Pas de réponse, j'insiste, entends un froissement, sens une présence. Il est encore fatigué par le voyage, la malnutrition, le manque de soins, de sommeil, de douceur ; il tourne en rond, s'ennuie et broie du noir.

Alors je m'obstine pour le sortir de cette léthargie à laquelle le contraint l'attente. Je lui dis à travers la porte que je dépose les chaussures là, sur le seuil, et lui donne rendez-vous le lendemain matin à l'heure du petit déjeuner dans la salle à manger.

— Si tu y es, tant mieux, sinon j'irai toute seule.

Ce samedi-là, alors que je m'apprête à quitter l'hôtel, il est là, bourru, renfrogné, traînant des pieds dans l'escalier. Il veut me faire plaisir.

J'ai prévu de faire une petite boucle en partant de Saint-André-de-la-Roche. Je pense avec mes propres paradigmes. La marche est salutaire, elle lui fera du bien. J'y vois le moyen d'être en mouvement et d'oublier l'attente. J'ai toujours aimé ça. Marcher sur les sentiers en bordure de falaises, presque sur l'arête, entre les pâturages, les cultures de blé, de colza ou de lin, et la mer à perte de vue.

J'aime les paysages, arpenter des lieux dont la géologie raconte les strates d'histoire et révèle des temps ancestraux. J'aime les petits cours d'eau comme la Valmont, la Durdent ou la Veules, qui sillonnent le paysage, traversent les villages et modèlent les valleuses de mon pays d'enfance.

J'ai repéré ici une randonnée sur un chemin moins escarpé que les autres, qui offre de beaux points de vue. Ibrahim me suit, mais, très vite, il s'essouffle, s'arrête. Il a du mal à reprendre sa respiration, s'appuie contre un arbre et dit :

— Je suis fatigué.

Il parle mieux, maintenant. Il ne connaît pas bien la grammaire et la conjugaison, pourtant il sait dire ce qu'il ressent, ce qu'il aime. Et il n'aime pas marcher.

Assis sous un arbre, il se repose, je lui tends la gourde pour qu'il boive. Songeur, il regarde la mer à l'horizon et dit :

— C'est la bonne distance.

Je ne comprends pas tout de suite, puis il ajoute, le regard dur :

— Je veux bien voir la mer pour me souvenir, mais de loin.

Ibrahim

Assis là sous ce grand arbre, alors que je suis très en colère et que pourtant j'ai suivi Isabelle pour lui faire plaisir, je veux qu'elle comprenne qu'elle ne sait vraiment rien de moi. D'abord, elle s'obstine à vouloir que j'apprenne à lire et à écrire, et maintenant elle veut que je marche. Mais pour qui elle se prend à vouloir décider à ma place ?

Elle croit que ça me fera du bien, mais elle ne comprend pas que je ne veux plus.

Elle aime marcher sans raison. Elle dit : « Ça m'apaise. » N'importe quoi, avoir besoin de marcher pour être plus calme. Qu'est-ce qu'elle me raconte ? Est-ce qu'elle sait le nombre de kilomètres que j'ai parcourus depuis mon village ? Est-ce qu'elle sait combien de temps j'ai marché pour arriver jusqu'ici ?

Loin de la ville et des hommes qui s'agitent, assez loin de cet autre désert qu'est la mer, je lui raconte combien tu es fragile face à l'inconnu, à bord d'un camion ou à pied. La peur qui ne te quitte plus. Pour contourner les contrôles de plus en plus sévères, ceux des militaires, mais aussi les attaques des bandits et des ravisseurs. Les longs et très dangereux détours, les haltes au milieu de nulle part, les crevaisons que personne ne vient dépanner, l'eau qu'on t'a interdit de charger à bord pour ne pas alourdir le véhicule et qu'on vous distribue au compte-gouttes. Personne ne parle de ceux que tu vois tomber du pick-up bondé, épuisés, en équilibre pendant des jours sur la rambarde arrière, et qu'on enterre à la va-vite. Est-ce qu'elle sait ce que c'est que de vivre avec le regard d'une morte, les yeux écarquillés de cette femme qui te poursuivent, le sang répandu sur le sable et la caillasse, après qu'elle a basculé et que sa tête a heurté une pierre ?

Personne ne te dit avant que tu prennes la route que tu es à la merci des passeurs, et parfois des ravisseurs, de ceux qui font commerce de nos vies de migrants, rackettant nos familles quand nous n'avons rien à donner, torture à distance, téléphone allumé. Et moi, caché. Je lui raconte le silence qu'il faut garder quand les hommes armés s'attaquent à Moussa, lui dont la famille est encore plus pauvre que la mienne, les coups sur ses pieds, sur ses jambes, la blessure qui le fait vaciller. Et mon silence. Parce que si je parle, si je le défends, nous serons deux à être battus, deux à être blessés. À un moment donné, alors qu'ils n'ont plus rien à obtenir, ils nous contraignent à remonter à bord, roulent un temps dont je ne sais plus s'il dure dix minutes ou dix heures. Puis le pick-up s'arrête, on nous fait descendre. C'est le désert à perte de vue.

Si je me force à ne plus y penser, peut-être qu'alors ça sortira de ma tête, ou si je le lui raconte, si je parle enfin, est-ce que ça ira mieux ?

Je veux qu'elle sache, je veux qu'elle comprenne.

Les hommes armés, le pauvre gars de notre groupe de prétendants au bonheur à qui ils remettent une boussole, sous le scleil cuisant, la direction montrée du doigt par l'un d'eux avant qu'il ne remonte à bord du véhicule et ne s'éloigne de nous. Rien à l'horizon, pas une goutte d'eau, la soif, la bouche si sèche que tu ne peux plus parler, les lèvres en sang, ta peau brûle, ta tête explose. Moussa blessé, les pieds meurtris, qui s'appuie contre moi pour avancer, son poids sur mon épaule. Moussa qui tient bon pour garder la cadence, ne pas perdre le groupe, Moussa épuisé qui tente de résister. Moussa qui s'affaisse. Choisir. La boussole ou Moussa. Moussa à terre. Moussa seul. Moussa qui s'allonge et ferme les yeux.

Mes poings se serrent, ma gorge se noue. Je ne veux pas pleurer. J'aurais tellement voulu oublier tout ça, rentrer chez moi, me serrer contre ma mère, sentir mon père fort, rire des bêtises de Mamadou.

Dans le désert, tu ne peux pas faire marche arrière, tu avances.

Je lui dis que, grâce à Dieu, je suis en vie. Elle est en colère que je puisse le penser. Elle me répond :

— Dieu n'y est pour rien, c'est grâce à toi et à personne d'autre.

C'est péché de dire ça, mais je ne lui en veux pas. C'est la première fois que je raconte le voyage, que je parle de Moussa et elle a l'air triste pour moi.

Je vois dans son regard qu'elle sait que ce n'est pas fini, que je ne suis pas au bout de mes peines, alors elle me rassure.

— En France, tu sais, les enfants ont des droits. On les protège. Ici tu es à l'abri.

Je veux la croire, mais depuis que je suis arrivé, je commence à comprendre qu'il y a les frontières extérieures à l'Europe et celles qui sont partout à l'intérieur et dont on ne m'avait pas parlé. La rue, d'abord, qui t'éloigne des êtres humains installés et te place de l'autre côté de la barrière. Alors que chez toi, tu étais quelqu'un, ici tu n'es personne. Et les droits valables pour certains, mais pas pour tous, ceux des jeunes migrants qui valent moins que ceux des autres mineurs.

Pourtant je ne connais pas un garçon arrivé comme moi qui ne soit prêt à travailler dur, à accepter toutes les contraintes pour exister ici.

Isabelle

Ce sont des mots qu'il prononce sans une larme, des mots dont on comprend aisément qu'ils en cachent beaucoup d'autres, des mots pudiques, la peur, la faim, la soif, le corps adolescent à la merci des ravisseurs, et la mort partout sur le chemin.

J'écoute ce récit d'une vie qui ne ressemble à rien de ce que j'avais entendu auparavant.

Lorsque Ibrahim est parti, sa mère était enceinte, treize ans après avoir accouché de son fils unique. Lorsqu'il a pris sa décision, il s'est dit qu'il avait la jeunesse pour affronter le voyage, il a pensé à ce frère ou cette sœur qui venait après lui, cet enfant qu'il faudrait nourrir, élever, dont il faudrait prendre soin.

Mais la mort de sa mère et du bébé avait rendu tout ce périple inutile.

Lorsqu'il a su que N'gah et l'enfant n'avaient pas survécu, plus rien n'a eu de sens. Il n'a plus su pourquoi il était là. Il a voulu oublier. Hachisch et médicaments. Plonger dans un ailleurs vivable. Fuir l'insupportable. Terré au fond d'une grotte aux abords d'un campement de migrants, il n'a plus voulu se lever. Les autres ont continué à le nourrir, à le secouer pour qu'il vienne se réchauffer au coin du feu, à chanter pour invoquer la vie qui ne s'en va pas si facilement, le courage qu'il faut se donner, l'espoir qui permet d'avancer.

La mer immense qu'il regarde, terrifié. La mer qu'il n'a jamais pensé franchir. Et un soir, il a suivi ses compagnons à bord d'une embarcation de fortune. La mer, sans savoir nager. Le jour J, ils sont soixante-dix, entassés sur ce Zodiac de misère. Pendant les quatre premières heures, il se laisse porter, confiant bien que le bateau pneumatique avance péniblement, à cause du poids.

Puis tout à coup, le moteur se met à pétarader, toussotant de plus en plus faiblement avant de s'éteindre. L'homme en charge de la navigation, un pauvre bougre à qui les passeurs ont indiqué du doigt, tout comme dans le désert, la direction à suivre avant de s'éclipser, tire sur la corde du démarreur plusieurs fois. Il tente à nouveau, s'acharne. Mais rien ne vient.

Ensuite, Ibrahim se souvient du silence, là au milieu de la mer. Le silence qui dit l'effroi puis la panique, les enfants qui pleurent, ceux qui s'agrippent et vous bousculent, risquant de renverser l'embarcation. Le capitaine improvisé de ce navire de fortune, simple candidat au voyage, que l'on presse de faire des miracles mais qui ne connaît rien en mécanique. Piégé comme les autres et qui n'a d'autre recours que de se tourner vers le ciel pour prier un Dieu bien absent au-dessus de la Méditerranée.

Et cet homme tout à coup, en face de lui, qui ne supporte plus, se met à trembler, possédé, psalmodiant de plus en plus fort. Fou, devenu fou. Il compromet l'équilibre de l'embarcation. On tente de le contenir. Il se débat, se libère de l'emprise des autres, se tourne vers l'horizon, regarde l'eau. Un petit pas en avant pour que ça s'arrête. Ses yeux roulent, son corps touche la surface puis s'enfonce, son visage avant qu'il ne soit englouti, ses bras qui finissent par disparaître dans les profondeurs.

Ibrahim a attendu, le jour puis la nuit, le froid qui vous glace les os et le soleil qui frappe. Il a attendu la mort sans peur, comme une libération. Il s'est dit soulagé, « ça y est, c'est le moment ». Et quand il a vu la lumière d'un bateau, l'emblème de la Croix-Rouge, il n'y a pas cru. Il est resté impassible alors que tout le monde s'agitait autour de lui. Il se souvient de cette délivrance, sans euphorie, de la soif qui l'empêche de parler et de ce calme glacial, indifférent à son sort, qui ne le quitte plus.

Je l'écoute et je prends la mesure de ce qu'il a traversé. Je pense aux secours qu'on met en place pour récupérer des alpinistes audacieux ou des marins inexpérimentés, alors que le désert est jonché d'hommes et de femmes que personne ne viendra secourir et que l'Europe condamne ceux qui tentent de le faire en mer.

Je perçois nos vies si sûres, si protégées même dans les drames, les garde-fous précieux, bien que perfectibles, que nous avons édifiés pour nous préserver des malheurs, quand lui n'en a aucun, aucune protection sociale, pas de quoi se nourrir quand la récolte est mauvaise, pas d'école sans argent, pas de quoi se soigner quand il tombe malade. Alors que l'aide alimentaire existe en France et que la sécurité sanitaire et éducative est pour moi un droit acquis, elle est une manne insensée pour d'autres. Je mesure l'abîme qui nous sépare et la confiance qu'il me fait.

Pour vivre en Europe, pour participer à ce système qui nous protège et en bénéficier, il faut avoir le bon passeport, le bon permis, être né du bon côté. Pour prendre le risque d'y venir, il faut être assez riche pour tenter le voyage, ou assez pauvre et courageux pour essayer de se sauver, soi et les siens. Un long périple, un temps qui n'a plus de valeur, une étape après l'autre, un espace bien réel, qui ne ressemble pas à nos expéditions, nos voyages organisés, guide et cartes à la main. Eux partent avec les économies d'une famille et un bidon d'eau. Un pas après l'autre. Sans but, ni préméditation, si ce n'est partir pour vivre.

Longtemps, nous restons là, assis en silence, côte à côte. Le jour baisse et le vent se lève, une brise légère. Ses mains sont posées sur ses cuisses, il est très maigre et sa maigreur donne à ses yeux un éclat encore plus fort.

Dans ce paysage, au milieu des oliviers, des cyprès, des mélèzes et des pins parasols, à mille lieues des plaines et de la luxuriance de sa terre natale. Il me dit qu'il aimait aller dans la forêt à l'orée de son village. Là-bas, chez lui, la végétation est foisonnante et les arbres noueux. Il dit qu'elle s'est réduite ces dernières années à cause de l'avidité des hommes. Mais l'amour des arbres, il n'a pas besoin de le dire. Son corps parle pour lui. Il se détend, son visage s'ouvre. Au cœur de ce paysage méditerranéen, dans un relief qui n'est pas le nôtre, parmi des arbres qui ne sont ni les hêtres, les chênes et les frênes de mon enfance, ni les palmiers, les anacardiers, les irokos et les flamboyants de sa terre natale à lui, nous sommes semblables ; deux étrangers à l'abri du soleil, protégés par des arbres nourris d'une autre terre, d'un autre air que ceux de nos origines.

Ensemble, nous écoutons en silence le bruissement du vent dans les feuillages.

Ici, loin de chez nous, la nature nous apaise.

Ibrahim

Ce matin, je me lève tôt. Je n'ai presque pas dormi. Je suis inquiet et quand c'est comme ça, je préfère ne rien dire à personne. J'ai rendez-vous pour mon évaluation auprès d'un organisme d'action sociale délégué par l'ASE. On m'a dit qu'il fallait que je vienne seul et que je sois à l'heure. À l'hôtel, j'ai entré l'adresse sur Internet pour savoir comment y aller et puisque je n'ai pas de forfait sur mon téléphone, j'ai mémorisé le chemin dans ma tête.

Je suis embêté, je n'ai pas encore reçu mes papiers. Mamadou a fait le nécessaire pour moi au pays, mais ça traîne. J'ai des crampes au ventre. Je suis anxieux. Je vais devoir raconter mon histoire. C'est difficile.

J'arrive en avance. On me demande d'attendre assis face à une porte bleue. Puis un homme vient me chercher et me fait entrer dans une petite pièce. Il m'explique que lui et sa collègue sont chargés d'évaluer mon âge. Je suis accompagné d'un interprète du diakhanké et non pas de ma langue d'origine qui est le soussou. Ce n'est pas facile de parler dans une langue qui n'est pas la mienne, de trouver les bons mots.

Je ne sais rien de leurs intentions, mais je suis nerveux, je sais qu'ils vont décider de mon avenir.

La femme se présente et m'explique qu'ils ont besoin de rassembler des informations sur moi. Elle me demande de raconter ma vie au pays et les raisons de mon départ.

Je leur dis d'où je viens et pourquoi je suis là. Je décris mon village et parle de mon père vaillant avant qu'il ne tombe malade. Je peux dire les rizières abîmées par l'exploitation des mines, la misère dans laquelle nous nous sommes retrouvés au fil des mois. Plus de quoi se nourrir. J'essaie d'être précis mais je ne veux pas tout dire, j'ai peur de craquer si je parle de ma mère. Alors je me tais.

Elle ne me regarde pas ; elle écrit, la tête penchée sur le papier.

Son collègue est parti leur chercher un café, et, à la grande satisfaction de la femme, revient le lui servir.

C'est à lui de me questionner maintenant. Il me demande de raconter le voyage. Par où commencer ? Que veulent-ils en savoir ? Veulent-ils que je leur dise ce que j'ai traversé à chaque étape ? Ce que j'ai vu ? Comment j'ai vécu ? Je suis parti il y a plus d'un an et mes pas m'ont mené bien plus loin que ce que je pensais.

J'essaie de leur répondre, mais ils m'interrompent, m'interrogent sur autre chose, me reprennent, discutent entre eux à voix basse. Ils veulent des lieux, des dates, des noms. Je tente d'être précis, je cherche dans ma mémoire, tout se mélange, je ne suis pas assez rapide. Je sens qu'ils s'impatientent. Ils me pressent, demandent, doutent.

— Pourquoi hésites-tu ?

Je ne les entends plus. Je respire et ferme les yeux.

Quand je les ouvre à nouveau, ils sont absorbés par la rédaction de leur rapport. Alors je me lève.

Ils me saluent sans relever la tête.

Isabelle

Ibrahim est là, bel et bien là, après des milliers de kilomètres d'endurance, de privations, de risques, il est là avec une histoire qui est la sienne, les pieds abîmés par la marche, les traces des sévices subis au fil du parcours.

Il a la délicatesse d'épargner aux travailleurs sociaux en charge de son évaluation les morts qui jonchent la route de tous les exilés, il leur épargne les violences par pudeur. Savent-ils, là dans leur bureau, café, chocolat, ce que l'être humain est capable d'endurer ? Ont-ils idée de la force qui l'anime lorsqu'il n'a plus le choix ?

Mais ils reviennent à l'attaque. Ils veulent voir ses papiers.

Il n'en a pas, pas encore, il les attend, il n'en a jamais eu besoin hors de l'Europe.

Par la suite, j'apprendrai qu'à sa naissance, comme la plupart des enfants de la campagne dans son pays, son nom a juste été enregistré par le chef du village. Personne ne s'est déplacé pour le déclarer dans la ville voisine et lui donner un nom, une filiation, une date de naissance officiels. À quoi bon ?

Comme beaucoup de jeunes, il est donc arrivé en France sans aucun document. Il est ce qu'on appelle ici un « enfant fantôme », sans existence légale. Condamné, par là même, à ne pas exister. La première des discriminations. Sans papiers, vous êtes invisible, vous n'existez pas.

L'homme et la femme froncent les sourcils, le jaugent. Ne pas avoir de papiers fait forcément de lui un suspect.

Ils doivent se montrer méfiants. Ce sont des travailleurs sociaux mais avant tout des salariés consciencieux qui font bien leur métier et appliquent scrupuleusement les directives.

Bien qu'Ibrahim n'ait pas de papiers, il connaît son âge. Il sait le mois, l'année de sa naissance. Son père l'avait fait inscrire sur le registre du village, la même année que Mamadou.

La colère monte en lui, une colère qu'il retient pour ne pas être violent. Ne pas renverser la table. Pourtant il s'imagine le faire. Lui d'ordinaire si calme.

Alors, il ferme les yeux pour ne plus les voir. Il respire lentement pour se calmer et se refuse à dire un mot de plus.

Lui, l'enfant ou plutôt l'ado fantôme-Ibrahim, a déjà entrepris de reconstituer son identité. À quinze ans et à plus de cinq mille kilomètres de chez lui, il a très vite compris que sans papiers, il ne pouvait rien espérer. Mais cela prend du temps et coûte de l'argent.

Trop faible pour se charger de ces démarches, son père a demandé à Mamadou de récupérer la copie du registre du village et de se rendre en ville pour faire établir un acte de naissance. Son ami a dû convaincre deux témoins majeurs de faire le déplacement avec lui pour attester l'identité et l'âge d'Ibrahim et obtenir ainsi un jugement supplétif « tenant lieu de document officiel ». Il a dû payer pour des papiers qui n'existent pas à l'état civil de son pays, le rendant désormais tributaire, après les passeurs rencontrés d'un bout à l'autre du parcours, de ceux qu'il faut dédommager pour service rendu, temps passé, frais de transport. Se confronter à distance aux employés corrompus et aux faussaires qui alimentent des filières d'escrocs bien portants, prêts à vous procurer tout ce que vous leur demandez pour de l'argent.

Je ne sais pas encore tout cela et notamment que les documents les moins grossiers, les plus vraisemblables, réalisés sans fautes de frappe ou d'orthographe et durant les jours ouvrables, vont aux plus riches, à ceux qui sont capables de payer. Mais lui ne peut pas y avoir accès. Il a envoyé ce qu'il avait à Mamadou, mais ce n'était pas suffisant pour des papiers « sérieux ».

Après moult démarches à distance, il sera bientôt suspect parce que les papiers sont trop récents et délivrent des informations *a posteriori*.

J'ignore à ce moment-là que tous les fonctionnaires ici ont lu la directive qui fait état de fraudes d'actes d'état civil en Guinée et qu'on attend d'eux qu'ils soient particulièrement vigilants – et ils le sont, à outrance, même avec des adolescents.

Quelques jours après son évaluation, Ibrahim est convoqué par l'ASE. Il part tôt. Les papiers sont enfin arrivés à l'hôtel. Il est soulagé de les avoir et de pouvoir prouver son âge.

Lorsqu'il revient, bien plus tard que prévu, alors que je suis sur les marches du perron et que j'attends Brigitte partie nous servir un limoncello, il se fige face à moi, les yeux rougis, debout, raide et silencieux, un papier à la main. Je ne comprends pas tout de suite qu'il est drogué.

Plus tôt dans la journée, l'ASE lui a notifié un refus de minorité. On lui a expliqué que les éléments d'évaluation, ce que les services administratifs appellent un « faisceau d'indices », n'étaient pas en sa faveur. Ils ont pourtant bien, comme le précisent les préconisations ministérielles, « confronté l'apparence physique de la personne évaluée, son comportement, sa capacité à être indépendante et autonome, sa capacité à raisonner et à comprendre les questions posées avec l'âge qu'elle allègue ». Mais ils ont « décelé des incohérences de dates dans son récit ».

Alors que je regarde Ibrahim me parler de « faisceau d'indices », terminologie sur laquelle l'éducatrice semble avoir particulièrement insisté et sur laquelle il revient sans arrêt, en boucle, comme un disque rayé – obsession amplifiée par son état –, je me demande quels « indices » permettent de juger l'incroyable capacité d'adaptation dont font preuve ces adolescents qu'on appelle mineurs isolés.

Ensuite, après s'être payé le luxe de lui faire la morale, lui indiquant avant de le laisser partir que les papiers qu'il leur a présentés fièrement, si content de les avoir enfin reçus, étaient douteux, ils ont laissé Ibrahim, abasourdi, quitter les locaux sans même avoir pris le temps de lui faire connaître ses droits. En lui précisant par exemple qu'il pouvait contester ce refus, que la loi l'y autorisait. Non, pour parachever la maltraitance, au pied des locaux de l'ASE, il est arrêté par la police aux frontières pour un contrôle de ses papiers. Ils veulent les garder « pour analyse ». Il refuse. Cela lui a coûté cher d'obtenir ces documents, qu'ils soient bons ou mauvais. Il ne cède pas, accepte, comme le lui propose un policier, qu'ils en fassent une copie pour étude attentive, mais il refuse de repartir sans. Son cœur bat vite. Son ventre lui fait mal. Il lui faut du courage pour tenir bon, là, dans ce bureau où il a été conduit, face à ces hommes qui détiennent l'autorité. Mais il comprend qu'il s'agit d'un contrôle dont le but est de l'inciter à partir de lui-même, reprendre la route, quitter la France.

Sur son procès-verbal d'interpellation, il est écrit que la police a été prévenue par la « Direction de l'enfance, section "mineurs non accompagnés" ». Celle-là même qui, en France, est supposée protéger les enfants.

Il ne bouge pas. Il est là, face à moi, dans un état que je ne lui connais pas et qui m'effraie. Pas seulement de lassitude et de fatigue, mais un état ralenti et délirant à la fois, propre à la défonce. Je ne sais trop que faire de lui, de sa détresse. Trop violente, trop brutale, trop grande pour moi. Alors je la repousse.

Je lui dis des mots qui contredisent tout ce que je fais pour lui depuis des semaines, des mots qui me rangent de leur côté, me trouvent des excuses, me débarrassent du problème. Des mots qui me font honte.

Mais pourquoi devrais-je porter toute seule le poids de cet adolescent que je connais à peine ?

Il faut le remettre à distance, à sa place. Celle de l'étranger.

Je baisse la tête et lorsque je la relève, il n'est plus là.

Ibrahim

Quand la police me relâche, je vais directement dans la cité, là où je joue d'habitude au foot avec les autres. Je sais où trouver du Rivotril et c'est exactement ce que je cherche.

Comme en Algérie, je veux tout oublier, que ça s'arrête. Quitter cette réalité qui anéantit des mois d'espoir.

Replonger en trois minutes.

Je trouve un banc, je m'y allonge et je regarde le ciel. Les nuages au-dessus de ma tête font comme une danse lente et apaisante. Le calme m'envahit. Planer. Je suis bien, anesthésié contre la violence vécue, replongeant dans ce qui me rendait heureux enfant : scruter les nuages et imaginer les formes qui s'y cachent.

Nous nous étendions, avec mon père, au pied d'un arbre, à l'orée de la forêt, quand nous étions fatigués du travail aux champs. Nous aimions ce moment partagé avant de rentrer à la maison. Regarder le ciel ensemble.

Je voudrais rester là pour toujours, me replonger dans ces souvenirs heureux d'avant le cataclysme qui a fait de ma vie un enfer.

Ce sont les cris des enfants qui me réveillent et le vrombissement des motos. Je regarde autour de moi ces cités immenses où je ne suis personne, je suis au ralenti, shooté, et pour préserver mes forces, en prévision des nuits à la rue qui m'attendent à nouveau, je rentre à l'hôtel.

Isabelle est assise sur les marches. Elle m'accueille en souriant, d'un « Alors ? » joyeux et optimiste, « Tu reviens bien tard ! », comme si elle ne voyait pas ma mine défaite, comme si elle ne voulait pas vraiment que je lui dise ce qui m'a retardé. Alors que je lui raconte la convocation de l'éducatrice et l'interpellation par la police, je sens que mes réflexes sont plus lents, ma parole plus agitée, sous l'effet du Rivotril. Elle m'écoute en silence. Je vois bien qu'elle est de plus en plus distante. Son visage se ferme, son regard pâlit. Puis elle se redresse et dit doucement, comme si elle venait de décider que ça ne la concerne pas :

— Je suis désolée pour toi, Ibrahim.

Un silence s'installe entre nous, un silence indifférent et froid.

Brigitte vient la rejoindre et elle baisse la tête.

Isabelle

Cette nuit-là, je dors mal. Tendue, je tourne et me retourne dans mon lit et quand finalement je m'endors, mes rêves sont peuplés de policiers qui pénètrent dans l'hôtel, fouillent les chambres, invectivent. Je panique. Ibrahim, caché sous mon lit, mon cœur bat vite, j'entends leurs pas approcher, je ne sais pas quoi faire, et quand ils ouvrent la porte sans ménagement, je me réveille en hurlant.

Alors je me lève, m'installe au bureau dans la nuit, je déplace la petite lampe de chevet pour m'éclairer et relis la lettre de refus de minorité qu'Ibrahim m'a tendue à son retour. Il s'agit d'une lettre type, dans laquelle le motif du refus est précisé. Le document fait état d'incohérences, d'hésitations, de confusion dans le langage. Il met ce garçon en accusation.

Je me demande si j'aurais la force à sa place d'être cohérente, de connaître les dates d'une errance en survie, de revenir sur mon récit, si je ne dirais pas ce qu'on veut entendre de moi pour ne pas dormir dehors. Je me demande si je ne serais pas prête aux mensonges les plus grossiers, aux justifications les plus ténues, aux explications qui cacheraient la vérité crue, la seule qui vaille pourtant.

Lorsque j'étais encore vivante, lorsque les autres m'intéressaient encore, je m'amusais des inventions dont étaient capables mes élèves, je les écoutais partir dans des récits abracadabrants pour justifier un devoir non fait, un livre non lu. Je les écoutais raconter l'enterrement d'une grand-mère déjà décédée plusieurs fois, un oubli lié aux complications d'une garde partagée. Je les regardais bien droit dans les yeux, pour que d'eux-mêmes ils disent : « Bon, je peux vous rendre mon devoir demain ? »

J'ai du mépris pour ces adultes qui jouent de leur pouvoir sur des adolescents au lieu de chercher à comprendre, s'il s'agit bien d'un mensonge, à quoi il peut servir. N'est-ce pas le rôle de l'adulte d'accompagner, de protéger, de donner un cadre ? Quelle est cette société qui jette à la rue des enfants juste parce qu'ils n'ont pas dit toute la vérité ?

Je n'ai pas besoin de plonger mon regard dans celui d'Ibrahim pour savoir que ce garçon-là a besoin de l'aide des adultes, menteur ou pas.

Je me demande si je ne risquerais pas la confusion, moi aussi, dans une langue qui n'est pas la mienne, avec un interprète parlant un dialecte qui n'est pas le mien. J'ai le sentiment que tout cela n'est que comédie. Ça n'a rien à voir avec ce garçon, son âge et son besoin de protection, ça dépasse cela.

C'est une histoire de chiffres, de statistiques et de viles directives qui autorisent et justifient qu'on laisse un adolescent dehors, sans protection.

Bien au chaud, ceux qui ont rédigé cette lettre de refus utilisent un langage froid et standardisé, des mots qui font de l'autre un indésirable, un problème, qui justifient l'innommable sous couvert d'administration.

Et cette décision me laisse laminée.

Alors, en pleine nuit, moi qui crois aux lois et aux institutions qui régissent mon pays, je me dis qu'il doit s'agir d'un cas isolé, qu'il est tombé sur les mauvaises personnes, que c'est une exception. Je cherche sur Internet et je découvre qu'il s'agit de fonctionnements établis, contre lesquels se battent les associations auxquelles on donne de l'argent à Noël, alertant l'opinion et saisissant l'ONU « pour violations graves et systématiques, ancrées dans le droit et la pratique de notre pays ».

À cet instant, au cœur de l'obscurité, dans cette petite chambre, quelque chose se produit. Moi qui avance depuis des mois, sans que rien ne m'atteigne, j'ai envie de vomir, la nausée me submerge. Je me précipite vers les toilettes, m'accroupis devant la cuvette et expulse cette indifférence revendiquée, cette indignité assumée.

Mon corps parle, il se révolte, refuse qu'on remette en question cet adolescent.

Il fait encore noir lorsque je descends et je ne le vois pas tout de suite. Il n'est pas à notre place habituelle. Il est assis dans un renfoncement de la pièce, son sac à ses pieds, la tête entre les mains. La salle à manger est vide et silencieuse. Il est prêt pour reprendre l'errance. Il a préparé ses affaires pour repartir sur les routes, tenter sa chance dans un autre pays, apprendre une autre langue, d'autres codes, d'autres lieux, s'adapter encore ailleurs.

Je suis soulagée de le trouver là. J'ai eu si peur qu'il soit déjà parti, que ce soit trop tard.

Je m'assieds face à lui, je prends ses mains entre les miennes. Jamais je n'ai fait ça. Mais je veux qu'il sache que je suis là. Je veux lui demander pardon, lui dire que je le crois, que j'ai eu peur. Je voudrais le rassurer comme le faisait ma mère lorsque j'étais enfant.

Il a un mouvement de recul, retire ses mains d'entre les miennes et me dit :

— Je ne suis pas un menteur.

Je ne connais rien à la justice, encore moins au droit d'asile. Je ne sais pas ce qui est légal ou illégal, mais je peux distinguer ce qui est juste de ce qui ne l'est pas et je dois opposer à leurs fausses allégations administratives ce que je sais de ce garçon, ce que je connais des garçons de son âge, et qui ne me fait jamais douter d'Ibrahim.

Diane, la bénévole de la gare, me conseille une avocate. Lorsqu'elle nous reçoit, Ibrahim et moi, le lendemain, je suis surprise par sa froideur, sa raideur. Elle n'a pas la chaleur des militantes, pas la douceur de Brigitte. Elle écoute Ibrahim lui raconter ce qu'il vient de vivre à l'ASE et lors de son interpellation. Puis je lui tends la lettre que j'ai préparée dans la nuit pour lui fournir tous les éléments rassemblés. Elle contient le récit d'Ibrahim tel que je le connais : tout ce qu'il m'a dit. En l'écrivant, j'ai eu le sentiment que les mots venaient à son secours, qu'ils étaient honnêtes, francs, qu'ils avaient cette valeur, ce pouvoir d'être posés, de raconter la misère, le départ forcé, l'errance, le désarroi, la mort, la peur et la violence.

Qu'ils pouvaient dire l'espoir avant d'abdiquer, avant de ne plus y croire.

Il m'a semblé qu'ils pouvaient contrer l'indécence des décisions prises dans les bureaux des services en charge de l'enfance.

Je me demande comment l'administration en est venue à transgresser quotidiennement la loi en refusant d'enregistrer des demandes d'asile, en prétendant que des adolescents sont majeurs, en les laissant à la rue. Je me demande comment on peut affirmer lutter contre l'économie souterraine et mener une politique migratoire produisant exactement l'opposé, promouvant une gigantesque économie d'escrocs, dont les migrants sont les premières victimes puisque, de bout en bout, ils sont confrontés aux coxeurs, rabatteurs et autres intermédiaires nécessaires pour avancer sur la route, passeurs, esclavagistes, vendeurs de misère : faux logos, faux cachets, faux papiers, faux gilets de sauvetage, fausses bouées, faux espoirs.

Comment blâmer ceux qui, comme Ibrahim, cherchent un peu de la richesse que nous affichons de façon ostentatoire ? Que vaut un État qui condamne les hommes et parfois les enfants qui tentent juste de survivre à l'appauvrissement, à la violence, à l'absence d'espoir auxquels les a réduits la vie dans leur pays, et qui valorise le profit, le passage de capitaux, la fluidité des avoirs ? Je comprends mal qu'on en soit arrivé à faire la différence entre ceux qui fuient la guerre, les réfugiés, et ceux qui fuient la misère, la faim, le désespoir d'une vie sans projection possible, les migrants « économiques », comme si mourir de faim ce n'était pas mourir aussi, comme si ceux-ci n'avaient pas le droit à une existence digne.

Pour exprimer toute cette indignation, cette incompréhension, il faut que mes mots soient le reflet fidèle de ce qu'Ibrahim appelle pudiquement « sa grande aventure ».

Je me demande qui peut bien croire que partir de chez soi, quitter ce à quoi on tient, laisser tout ce qu'on a construit procède d'une lubie, ou d'une volonté de faire du tourisme. Qui peut bien croire qu'il n'y a pas là un acte de désespoir et de courage ?

Je me demande comment nous traiterons demain les réfugiés climatiques, quel nom nous donnerons à ceux qui auront perdu leur maison. Et que ferons-nous si c'est à nous que cela arrive ?

Elle lit ma lettre, écoute les mots de colère qui sortent de ma bouche, moi qui ne m'opposais plus à rien jusqu'à hier, qui ne croyais plus en rien. Puis ensemble, nous rassemblons tous les éléments pour qu'elle puisse saisir le juge des enfants et demander une mesure d'assistance éducative. Elle nous explique que le juge ordonnera certainement des tests osseux pour déterminer l'âge d'Ibrahim, qu'elle recevra quelques jours avant l'audience le dossier complet contenant les éléments qui ont motivé le refus de minorité, mais elle le tranquillise et lui dit :

— Quel juge peut sérieusement croire que tu es majeur ?

Avant que nous ne quittions le bureau, Ibrahim et moi, elle nous dit sur le pas de la porte qu'elle n'aime pas ce que certains dans les services de l'État font de la loi, qu'ils tentent de saborder ce que les hommes et les femmes de notre pays ont, au fil des deux derniers siècles, mis en place pour défendre légalement, institutionnellement, nos droits, ceux de l'homme.

— À défaut de pouvoir empêcher qu'on construise des frontières de plus en plus hautes qui font de la Méditerranée un sanctuaire, qui valide le fait que des adolescents errent dans nos rues sans protection, tout en laissant entrer et prospérer des sociétés qui ne paient pas d'impôts et s'arrogent le droit de faire travailler ces mêmes hommes et femmes dans des conditions dignes de pays auxquels on donne des leçons de morale, je peux faire mon travail.

Ibrahim m'attend déjà dans l'ascenseur ; alors qu'elle se retourne pour refermer la porte, elle finit en me disant :

— « Personne ne quitte sa maison à moins que sa maison ne soit la gueule d'un requin. » C'est un vers de

Warsan Shire, une poétesse somalienne qui a connu l'exil. Voilà ce que j'ai appris au fil des années.

Alors que nous nous retrouvons dans la rue et bien que ce soient à nouveau l'attente et l'incertitude pour lui, Ibrahim semble plus serein, il s'éloigne pour rejoindre ses copains partis jouer au foot.

Ils ont changé de terrain à sa demande. Il ne veut plus retourner dans la cité.

Je remonte de mon côté par les rues du centre-ville, en me disant que ma place, ma vie dépendent de mon adhésion au monde, à un monde qui soit acceptable, et celui-ci ne me va pas.

Mon cœur s'est calmé, il ne bat plus aussi vite depuis le rendez-vous chez l'avocate. J'ai eu si peur cette nuit à l'idée d'avoir perdu Ibrahim. Qu'à cause de moi, il soit reparti seul. Que ce soit irrémédiable. Que je ne puisse rien faire. Ce vertige du vide à nouveau. Cette panique.

Mais je suis capable de m'opposer, d'agir. Et c'est à Ibrahim que je le dois, à cet attachement qu'il a fait naître en moi et que je n'ai pas vu venir, duquel je me suis protégée, enfermée dans une carapace que le risque du drame a fait éclater, réveillant en moi un instinct d'entraide, de combat, perdu ce jour d'été, à Paris.

Ibrahim

Elle était là à l'aube, dans la salle à manger. Elle portait un survêtement trop grand, ses yeux étaient creusés par la fatigue. J'étais furieux contre elle, mais elle était agitée, paniquée. Ça faisait tellement longtemps que je n'avais pas ressenti ça, la peur d'une mère.

Ça m'a réconforté plus que n'importe quel papier au monde, plus que n'importe quel document administratif. J'ai senti que je comptais pour elle, que je n'étais plus tout seul. Je l'ai vu dans son regard et quelque chose en moi a changé.

Maintenant je ne suis plus dans l'attente. Je ne veux plus avoir peur tout le temps, de tout, me cacher, vivre à moitié. Je n'ai rien fait de mal et je n'ai pas à avoir honte. J'ai décidé d'arrêter de tourner en rond et de regarder devant moi, de penser à mon avenir. Avec Alphonse, on a trouvé un petit boulot. Trois fois par semaine, à l'aube, on aide à installer la marchandise sur les étals. On part très tôt, quand il fait encore nuit. Ça nous permet de gagner dix euros chacun : ça paie le forfait du téléphone et un peu de nourriture. Ce n'est pas suffisant pour que je puisse envoyer quelque chose à mon père. Parce que je n'ai aucunes ressources financières et aucun droit pour l'instant. Juste l'hospitalité de Brigitte et l'aide d'Isabelle.

Ce sera la belle vie si un jour j'ai un travail, un appartement, une famille. Je serai l'homme le plus heureux du monde. Et papa aussi !

Après le travail, on doit se dépêcher malgré la fatigue qui s'installe. Il faut qu'on soit revenus pour le cours d'Isabelle, sinon elle se fâche. Elle fronce les sourcils et hausse la voix devant les autres et nous, on se sent tout petits lorsqu'elle dit :

— Franchement, c'est pas sérieux, ce n'est pas comme ça que vous allez avancer.

Et pour finir, elle nous donne deux fois plus de devoirs.

Alors on essaie d'être là pour le début du cours.

Isabelle

D'une semaine à l'autre, je prends de l'assurance, ma marche est plus fluide, mon souffle plus long, j'endure les coteaux, la caillasse, le soleil.

Ibrahim aussi est prêt pour aller marcher « un petit peu ».

Quand il vient avec moi, les promenades sont plus réduites. Je m'adapte à ses capacités, je ne le bouscule pas. J'aimerais qu'un jour il y trouve du plaisir.

Nous avons étudié la carte des randonnées possibles. Je veux retourner dans un lieu dont je me demande s'il n'est pas l'endroit vers lequel je me dirigeais inconsciemment lorsque j'ai refermé la porte de notre appartement parisien.

C'est un souvenir d'enfance, un lieu refuge qui m'a accompagnée.

C'était une des rares fois où mes parents avaient pris des congés. C'était une idée de mon père, monter dans la Roya, puis jusqu'à la vallée des Merveilles, des paysages autres, inconnus, étrangers, des vallées, des monts, des lacs à la frontière. Il en rêvait, penché sur une carte posée sur la table de la ferme, le soir quand il avait fini sa journée. Et un été nous l'avions fait. Nous avions quitté la Normandie pour traverser la France en voiture. Et lorsque nous pensions être arrivés, nous avions commencé un autre voyage, entrelacs après entrelacs, virage après virage, nous abordions un territoire caché, secret. C'était un éblouissement, une nature qui change à chaque encablure, méditerranéenne, rocailleuse, montagneuse, un climat inconnu pour nous qui étions au fil des saisons abreuvés d'eau et réchauffés par de rares éclaircies.

J'avais aimé, avant même d'y arriver, le nom de cette vallée des Merveilles, recelant comme une promesse.

En y repensant aujourd'hui, je suis surprise que mes parents, qui ne connaissaient pas le repos, aient choisi, pour leurs seuls congés en famille, une randonnée, avec marche à pied et camping ou refuges. Je repense à ces moments avec bonheur et j'ai l'impression qu'ils m'ont indiqué la voie, que ce voyage offrait les prémices de quelque chose dont j'aurais besoin bien plus tard dans ma vie, que je n'aurais qu'à puiser dans mes souvenirs pour trouver la direction à prendre, un chemin, une issue. Des sensations, des couleurs, des odeurs, une rivière, des cols, des pics puis des étendues, des sentiers escarpés et soudainement un lac sous le soleil ou dans la brume du matin.

Nous prenons le train qui serpente à travers le relief et descendons à la gare de Breil-sur-Roya, bien avant les Merveilles. La violence me saute aux yeux, quand nous longeons la rivière, il me semble traverser un paysage apocalyptique, route renversée, tuyaux et rebus sur les bas-côtés, voitures abandonnées, maisons écartelées laissant apparaître les vestiges des vies de ses habitants : des lits jumeaux, une table de chevet, le papier peint à fleurs, des cadres aux murs contenant des photos de ceux qu'on aime, intimité perdue à tout jamais, dévoilée aux yeux des passants par une nature outragée. Puis, des hommes et des femmes, pelle à la main, qui travaillent à rendre leur paysage à nouveau pérenne. Étrangement, il me semble que là, tout est à rebâtir, à repenser, et la solidarité qui semble régner entre les gens montre une voie qui me semble viable.

En marchant le long d'une route escarpée pour rejoindre le village de Saorge, à flanc de colline, où j'ai repéré un chemin de randonnée, je vois pas à pas se dessiner le lit de cette rivière devenue en quelques minutes meurtrière et lorsque j'atteins, là-haut dans le village, le sentier qui part du monastère, tout revient, les pins, la sauge, la lavande, le soleil sec sur la roche, le visage rayonnant de mon père, devenu pour un temps l'aventurier qu'il s'était empêché d'être toute sa vie, pour tenir la ferme familiale, pour payer les factures, lui si taciturne, si tendu au quotidien, si lesté par le devoir à accomplir, la dette familiale, là il était libre, face à ce paysage, libre et heureux. Ma mère en débardeur, les cheveux détachés exceptionnellement, une paire de lunettes de soleil achetée pour l'occasion qui lui donnait un air de star, assise au soleil, savourant le plaisir de n'avoir aucune contrainte.

C'était une des rares fois où je les avais vus se tenir la main.

Loin de chez eux, ils étaient eux-mêmes.

Je me fonds dans ce paysage de montagne et me délecte de ce souvenir heureux.

Ibrahim est assis et contemple les montagnes. Je sors une photo que j'ai emportée avec moi. Je m'approche de lui et la lui montre. Je dois avoir douze ou treize ans et mes parents m'entourent. Nous sommes tous les trois souriants.

Je me rappelle que pour garder ce souvenir, mon père, d'ordinaire si discret, avait arrêté des marcheurs pour leur demander de nous prendre en photo.

Me revient subitement cette phrase du poète François Cheng à son arrivée dans la ville d'Assise, elle m'avait interloquée lorsque je l'avais lue quelques années plus tôt parce que je ne la comprenais pas, je ne connaissais pas encore ce sentiment, cette évidence qui faisait dire à l'auteur : « Ah ! c'est là le lieu, mon lieu ! C'est là que mon exil va prendre fin. »

Ibrahim, comme s'il lisait dans mes pensées, se tourne vers moi et me dit :

— Ici, c'est bien.

Ibrahim

Souvent, le week-end, nous allons marcher, elle et moi. Je la suis sans discuter. Elle est tellement contente que je m' « aère les poumons ». C'est ce qu'elle dit et ça me fait rire cette drôle d'expression française.

J'aime bien ça, finalement, ce n'est plus forcé comme avant. C'est le plaisir sans danger, comme regarder les nuages avec mon père ou préparer le *yétissé* avec ma mère. Et ça fait du bien au corps et aussi à la tête, parce que sinon parfois je rumine. C'est comme ça, en Europe, tout le monde réfléchit trop, tout est compliqué, les papiers, le travail, la famille, l'informatique qui est devenue le maître du monde. Tu n'existes pas sans l'informatique. On se demande s'ils n'ont pas inventé toutes ces lois, toutes ces règles et toutes ces contraintes pour oublier ce qui a de l'importance.

Tout devient source d'inquiétude. Tout le monde est stressé.

Chez nous, j'avais assez à faire tous les jours pour ne pas me prendre la tête. Mais je suis vivant, grâce à Dieu, alors j'essaie d'être reconnaissant de ce que j'ai, je m'adapte et j'avance en priant pour que demain soit meilleur.

Isabelle aime désormais prendre le train des Merveilles pour aller marcher. Elle attend depuis longtemps le moment de pouvoir monter là-haut, derrière les montagnes. Comme si c'était le seul endroit au monde où elle voulait se rendre, comme si toutes nos marches précédentes devaient y mener.

Le train fonctionne à nouveau et elle en est devenue une habituée. Elle a sympathisé avec le contrôleur et blague avec lui. Parce que, contre toute attente, Isabelle a aussi beaucoup d'humour. Elle aime parler aux gens, elle est curieuse et maintenant elle sourit. C'est un sourire ouvert, un sourire qui caresse ce qui l'entoure.

Elle descend chaque fois à un arrêt différent, Sospel, Breil, Fontan, Tende, Saint-Dalmas-de-Tende... Avec elle, je commence à connaître les villages et les vallées que nous traversons.

Finalement, ça me fait un petit peu de bien et Isabelle est contente.

Mais elle est toujours dans sa tête, Isabelle, alors je comprends mieux maintenant pourquoi elle a besoin de marcher. Ça l'aide à ne pas tourner en rond à l'intérieur. Parce que c'est comme si son corps n'était pas en accord avec son esprit.

Si elle s'assied, sa tête marche à la place de ses jambes. Alors que moi si je m'assieds, c'est pour me reposer. Quand je suis fatigué, je m'endors. Quand elle est en mouvement, j'ai remarqué que ça lui donne de l'assurance, de la force. Elle a plus confiance en elle, et elle se tient plus droite.

Au début, quand on a commencé à partir en randonnée, quand nous nous préparions ou que nous étions en route, je voyais qu'elle n'avait de patience pour rien même pour faire un lacet de chaussure, elle s'énervait. Elle aurait voulu que tout se fasse tout seul, vite, sans effort. C'est un truc de Blanc, ça. Vouloir tout, tout de suite.

Elle voulait dormir dans une tente, mais elle ne savait pas la monter ; elle voulait faire cuire les merguez et les légumes sans savoir faire un feu de bois. Elle ne sait pas non plus réparer ce qui est usé et encore moins soigner une plaie comme il faut.

Si elle était à la rue, Isabelle, elle ne vivrait pas longtemps.

Alors, quand elle veut dormir tout là-haut, dans la montagne, je l'aide à s'installer et je reprends le train pour descendre à l'hôtel. Elle dit qu'elle se sent protégée dans la nature. Moi, je ne comprends pas : dormir sous une tente alors que tu peux dormir dans un lit, à l'abri, ça vraiment je ne comprends pas.

J'aime être là-haut, je m'y sens bien, mais je préfère dormir au chaud.

Isabelle

Le jour du jugement, Ibrahim a des maux de ventre qui le plient en deux. Les examens médicaux n'ont rien révélé, mais l'errance a fragilisé son organisme et ce matin je vois bien qu'il souffre.

Nous partons tôt pour être à l'heure. L'avocate nous rejoint devant le tribunal, elle m'a prévenue que je n'aurais pas accès à la salle d'audience, mais j'ai l'intention de les attendre à la sortie.

Je m'assieds sur un banc, à l'ombre d'un arbre, et j'essaie de lire en patientant. Je suis inquiète. Comme Ibrahim, j'ai l'estomac noué.

Lorsqu'il ressort, il est souriant. C'est un sourire que je ne lui ai jamais vu, un sourire d'enfant qui révèle toutes ses dents et laisse apparaître deux fossettes sur ses pommettes creusées.

Le juge a pris des mesures éducatives et placé Ibrahim sous la protection de l'Aide sociale à l'enfance. Il est à l'abri, si le département dont il va être à la charge par le biais de l'ASE ne fait pas appel de la décision du juge.

Ce qui malheureusement est devenu coutumier.

À sa demande, nous partons ce week-end-là pour une petite marche dans la vallée. Il est heureux et détendu, il avance d'un bon pas, s'arrête pour me faire écouter la playlist qu'il a téléchargée à l'hôtel et repart.

Lorsque nous arrivons en contrebas, sur un petit chemin de randonnée, au cœur de cette nature ancestrale, nous nous arrêtons pour contempler le paysage qu'offre le terrain en terrasses qui jouxte le sentier. Au milieu des oliviers, un homme attire notre attention. Ibrahim est en arrêt, subjugué, il contemple la précision de ses gestes alors que l'arboriculteur s'applique à tailler les branches d'un arbre. Je m'approche pour lui demander de l'eau. L'homme se redresse, son corps sec se déploie, il semble appartenir au paysage, aux ocres de la terre, aux teintes des oliviers. Il est grand, les épaules larges, sa peau burinée par le soleil, ses cheveux bruns ondulés blanchissent par endroits.

Il est beau, et cela me surprend de trouver un homme beau. Je ne croyais pas que cela pourrait à nouveau m'arriver. Je ne m'attendais pas à être saisie, là au cœur de ce lieu solitaire.

L'homme pose ses outils et se dirige vers un cabanon près duquel se trouve un robinet qu'il désigne d'un geste pour que nous remplissions nos gourdes.

— Asseyez-vous. J'allais justement faire du café, dit-il.

Il ne propose pas, il offre. Émane de lui une assurance qui se traduit par une économie de gestes et de paroles. Nous nous asseyons à l'ombre, sous la tonnelle.

Il nous rejoint, une cafetière à la main, des tasses dans l'autre et en s'asseyant, ajoute :

— Je m'appelle Jean.

Ibrahim, si secret, si timide d'habitude, veut tout savoir de la culture des oliviers.

Il se baisse, touche la terre et dit à Jean :

— C'est sec.

L'homme sourit et lui répond :

— Oui, et c'est cette terre-là que l'olivier préfère.

Je les regarde, le jeune garçon tendu, curieux, des questions se bousculant dans sa bouche, et l'homme, les mains anguleuses et solides posées sur la table, qui lui répond.

Jean lui parle de ce que demandent les arbres, du soin qu'il leur apporte, de la taille pour les guider dans leur croissance et leur production, de l'entretien et la fumure du sol, du recepage, de la surveillance pour éviter les maladies, et enfin de la récolte des olives, au bon moment, car elles ne se développent pas toutes au même rythme.

— C'est à toi d'être attentif à la véraison et de décider du bon moment, lui dit-il. Ces olives sont cueillies tournantes, vertes à noires, à la main en secouant les arbres, avec des gaules en noisetier ou à l'aide de vibreurs à long manche pour les arbres plus grands. Ensuite elles sont récoltées sur des filets posés au sol pour qu'elles ne touchent pas la terre. Elles sont mises dans des caisses à claire-voie et transportées au moulin pour en extraire l'huile ou préparées en saumure et conservées ainsi pendant six à douze mois avant d'être broyées pour en faire de la pâte d'olive.

Ibrahim écoute, puis il se lève, s'approche d'un vieil olivier, il en touche le tronc, en caresse les branches.

Nous restons, l'homme et moi, assis en silence.

Ibrahim

J'aime bien être ici. La terre est sèche et les arbres poussent quand même. Ils sont noueux, tordus mais résistants. J'ai l'impression qu'on ne se lasse jamais des paysages. En contrebas, la rivière, en surplomb, la montagne. Les villages perchés et ceux qui sont en bordure d'eau, les cultures en terrasses et les moutons dans les alpages. Ici, il faut savoir s'adapter à la nature, rude et changeante. Mais l'adaptation, ça me connaît, ça ne me fait pas peur.

C'est très différent de chez moi où la terre est fertile et le climat favorable à la culture. L'humidité des rizières nous permettait de cultiver le riz de boue, le *böra maalé*, un riz étuvé de mangrove. « Le meilleur qui soit ! », disait mon père.

Mes parents n'avaient pas d'argent pour m'envoyer à l'école, mais ils m'ont appris les travaux agricoles.

Ma mère m'emmenait sur son dos pour repiquer le riz dans les champs. Elle m'a aussi enseigné à battre les tiges sans perdre les grains.

Ensuite, lorsque j'ai eu six ans, j'ai aidé mon père. Il était patient, il aimait son métier et il voulait me le transmettre. Savoir nommer chaque étape de la culture, chaque geste, chaque plante, bonne ou mauvaise.

Il m'a appris l'équilibre qu'il faut entre les éléments pour cultiver le riz, l'eau salée et l'eau douce qui rendent le terrain fertile et neutralisent les mauvaises herbes.

Je sais labourer, planter, entretenir les pousses, éclaircir pour éviter l'entassement, veiller à ce qu'il y ait assez d'eau.

Je sais aussi surveiller la couleur des grains, du vert au doré, attendre qu'ils soient mûrs puis drainer l'eau pour bien assécher les plants, couper les tiges, les laisser sécher au soleil jusqu'à ce qu'il n'y ait plus d'humidité.

Mon père disait :

— Nous devons tout à cet équilibre fragile entre mer et terre, ciel et plaine.

Avec lui, j'ai appris à respecter cette nature délicate dans laquelle j'ai grandi. Je sais ce qu'elle offre lorsque l'homme en prend soin.

Et là, sur cette terre moins douce, moins hospitalière que la mienne, cette terre qui a d'autres besoins, face à cet homme droit au regard doux, je me sens chez moi.

Isabelle

Jean propose à Ibrahim de revenir pour voir par lui-même comment il cultive les oliviers, et pour l'aider s'il en a envie.

La tempête a dévasté non seulement les maisons de ses voisins, mais aussi l'accès à son oliveraie et certains de ses arbres. Depuis des mois, tous les habitants travaillent ensemble à déblayer, libérer les routes, rendre les maisons habitables. L'eau a fait tant de dégâts urgents à réparer que lorsque nous arrivons dans la Roya l'homme commence à peine à s'occuper de son exploitation.

Les arbres ont été affaiblis par le gel pendant l'hiver et il faut maintenant nettoyer, tailler, remplacer ceux que la tempête a emportés.

C'est devenu un rituel au fil des mois. Le samedi matin, nous nous retrouvons dans la salle à manger, équipés. Ibrahim peut désormais circuler librement. Il n'est plus obligé d'éviter les contrôles depuis qu'il a en poche son attestation de prise en charge par l'ASE et il se trouve qu'ils sont nombreux sur le trajet, en gare et dans la vallée.

Il est prêt tôt ces jours-là. Je le rejoins pour aller prendre le train. Il sifflote sur le chemin, rigole, me taquine et me tend une oreillette pour que j'écoute avec lui les musiciens de son pays, Kandia Kora, Sékouba Bambino, ou encore les Maliens Iba One, Sidiki Diabaté…

Puis nous nous séparons. Il va travailler avec Jean pour que son oliveraie reprenne vie pendant que j'arpente les sentiers montagneux.

Ibrahim

J'apprends de semaine en semaine. Jean me parle de ce besoin vital d'air et de lumière qu'a l'olive, capable de croître sur les terres les plus sèches, il me raconte son amour pour cet arbre de vie, très ancien, qui résiste, s'acclimate et s'enracine. Il me dit :

— L'olivier se régénère, il nourrit, réchauffe et soigne.

C'est leur arbre magique à eux. Comme l'est pour nous le baobab. Comme chez nous, ici la sagesse des arbres est ancestrale et se transmet.

Et quand vient la récolte, c'est la joie de voir le fruit de mon travail. La fatigue est récompensée par toutes les olives qu'on a rassemblées dans les cagettes.

Isabelle nous rejoint en fin de journée. Souvent nous dînons avec l'équipe dans la cuisine commune de l'oliveraie.

J'aime bien la chaleur qui règne ici. Les gens sont sympas. Ils s'entraident.

Ce déluge qui a tout détruit révèle peut-être qu'on a besoin les uns des autres.

Même si je sais que tout le monde ici n'apprécie pas la présence des migrants et que la vallée est un territoire ultra-surveillé parce que c'est un lieu de passage entre l'Italie et la France, je me sens protégé. Enfin, je le suis tant que j'ai des papiers en règle. Sans ça, vu le nombre de contrôles que je subis en arrivant à la gare ou en marchant le long de la route, je ne pourrais jamais vivre ici.

Lorsque nous repartons le soir, nous sommes, Isabelle et moi, fatigués par notre journée en plein air.

Parfois quand il est trop tard pour prendre le train, Jean nous raccompagne à Nice en voiture. C'est un long trajet, mais il le fait sans hésiter. Sa fille, Marie, dort à mes côtés à l'arrière. C'est une petite fille de six ans, vive et drôle. Elle me fait penser à la petite sœur de Mamadou, toujours dans nos pattes quand nous jouions dehors.

Isabelle et Jean sont souvent silencieux à l'avant. Tout est calme lorsqu'il emprunte les routes sinueuses de la vallée.

Un soir, alors qu'il conduit depuis un bon moment, Jean se tourne vers moi, il a réfléchi, et il a une proposition à me faire. Je pourrais m'inscrire à une formation en travaux de production agricole pour apprendre à m'occuper des arbres. Il me dit :

— Tu ferais ton apprentissage d'arboriculteur avec moi.

Il m'a déjà appris à préparer le terrain, tailler les arbres, les palisser, les traiter de façon naturelle, les soigner, suivre le bon développement des fruits. J'aime faire ces travaux d'entretien, j'aime aussi m'occuper du petit verger, soigner les deux abricotiers, les pruniers, le cerisier si ancien, le pêcher que nous avons planté avec Marie. J'apprends à entretenir le matériel agricole, à récolter la production, à trier et calibrer les fruits, à les nettoyer et les conditionner, mais Jean m'embête. Il veut aussi que j'obtienne un diplôme pour « valider mes compétences ». Il dit qu'il faut que je sache lire, compter, écrire, que j'ai encore beaucoup à apprendre pour être un homme libre.

Quand, au square, après les cours d'Isabelle, je retrouve les copains je leur parle de cette possibilité, de mon envie de vivre là-haut, de devenir arboriculteur, ils rient. Leur réaction me déstabilise et me blesse. Comme chez moi et à nouveau, j'ai l'impression d'être différent,

Issa et Driss sont en apprentissage dans le bâtiment, Hicham dans la mécanique, Alphonse voudrait travailler dans la restauration.

Ils n'aiment pas la terre, n'y voient pas leur avenir et ne comprennent pas que je puisse y voir le mien. Ils pensent que ce sont des emplois de misère, que tu es toujours sale, que tu es contraint de vivre loin de la modernité. Cela n'offre rien de ce qui les fait rêver : consommer, profiter de la ville, vivre avec son temps.

Je suis vexé par leurs moqueries. Je doute de moi. Tout comme eux, j'ai envie d'avoir une belle vie.

J'appelle mon père. J'ai besoin de son avis. Sa voix n'est plus qu'un souffle léger, mais je sens sa présence à l'autre bout du téléphone. Je sais qu'il rassemble toutes ses forces pour écouter ce que j'ai à lui dire. Je lui parle d'Isabelle, de Jean, de la vallée, des oliviers dont je prends soin et de la vie que j'imagine là-haut. Et lorsque j'ai fini, il reste silencieux un long moment puis il me dit :

— Écoute ce qui est bon pour toi, mon fils. N'écoute que cela.

Lorsque je raccroche, je suis serein, je repense à ce qu'il m'a enseigné lorsque j'étais enfant. Raisonner avec ma tête, me forger ma propre opinion, être attentif à ce qui est bien pour moi, pas pour les autres. Et c'est au bon sens qu'il m'a transmis que je dois d'être en vie après ce long voyage.

J'ai ce qu'il me faut là-haut, tout pour m'épanouir, tout ce qui convient au garçon de la campagne que je suis resté, heureux dans la nature. Mais l'apprentissage, ça j'en ai peur. Je suis effrayé à l'idée de me retrouver enfermé dans une classe, ne pas savoir répondre, me sentir humilié.

Je n'ai jamais fait de test de niveau pour être orienté et n'ai pas été inscrit à l'école depuis que la justice m'a placé sous la protection de l'ASE. Mais j'ai fêté mes seize ans, alors ce n'est plus obligatoire et ça les arrange bien. Moi aussi d'ailleurs ! Au début, j'aurais voulu. Isabelle avait réussi à me convaincre de l'importance de l'école. Elle m'avait fait étudier durement et s'était battue auprès de mon éducatrice pour que mon niveau scolaire soit évalué et que j'obtienne une place au collège, mais maintenant je n'en ai plus envie, je suis bien dans la vallée, j'aime monter au milieu des montagnes et je ne veux plus m'éloigner de cette terre que je commence à aimer, de ces personnes qui sont gentilles avec moi.

En apprentissage, j'ai peur d'être encore perdu, de ne pas arriver à suivre le fil de ce qu'on me dit. Face à des mots trop difficiles, j'ai du mal à me concentrer, mes jambes et ma tête s'engourdissent. J'ai peur d'un autre refus, d'autres échecs.

Mais Jean insiste. Il me dit qu'il ne peut pas m'employer sans formation et sans papiers. Il veut bien m'enseigner le métier, me prendre en apprentissage, mais il faut pour cela que je sois inscrit en CAP. C'est le prix de ma liberté et de mon autonomie.

Alors malgré ma méfiance, je prends rendez-vous avec mon éducatrice. J'apporte la documentation, le formulaire d'inscription, la lettre de Jean.

Je suis enthousiaste et fier aussi. J'ai trouvé un employeur, tout seul, sans l'aide de personne.

Elle m'écoute, visage sec, crispé, puis dodeline de la tête en repoussant le dossier que je lui tends.

— Ça ne va pas être possible.

Je ne comprends pas pourquoi. Je l'interroge, m'énerve, tente avec mes mots de lui expliquer :

— C'est ce qu'il me faut, je serai bon dans ce métier-là.

À nouveau ce dodelinement de la tête comme un tic nerveux, et ce formulaire qu'elle a préparé avant ma venue, qu'elle pose devant moi, pour un CAP de « restauration collective ».

— Tu comprends, me dit-elle, j'ai obtenu non sans mal des places pour cette formation-là. Elle offre de bons débouchés pour un garçon comme toi.

Je n'ose plus m'opposer, je suis prêt à plier, si c'est pour rester ici et avoir un travail, me dis-je. De toute façon, je vois bien que ça ne sert à rien de discuter, elle a tous les droits et en particulier celui de décider de mon avenir professionnel.

J'attrape le dossier qu'elle a posé devant moi et quitte son bureau résigné.

Isabelle

Ibrahim me décrit l'entretien avec son éducatrice. Il me raconte son rendez-vous avec cette femme qui le connaît à peine et qui, sans lui avoir posé la moindre question, sans rien savoir de lui, s'oppose à un projet professionnel réaliste, une demande réfléchie et accessible. Usant de son ascendant, elle veut le contraindre, l'enfermer dans le projet qu'elle a conçu pour lui et l'envoyer servir des plats tout prêts dans une cantine surchauffée, lui que je vois revivre jour après jour dans la nature. Au fil de son récit, la colère monte à nouveau en moi. C'est une colère saine, une colère qui me fait me sentir vivante, dont je suis redevenue capable et qui m'avait abandonnée ce matin d'été à Paris, alors que j'ouvrais la porte de la chambre de mon enfant.

Je prends le dossier et mon sac à main pour me rendre à l'ASE. Je n'ai pas de rendez-vous, mais je fais le pied de grue devant l'accueil. Polie et douce, bouillonnante à l'intérieur. J'attends longtemps son éducatrice. Je ne suis pas pressée. Rien de mieux à faire dans l'immédiat. Elle finit par me recevoir. La laisser venir, lui donner raison. Je l'écoute me faire part de ses bonnes intentions, la sécurité de l'emploi et la dureté de la vie, avant de mener bataille. J'argumente, défends Ibrahim comme s'il s'agissait de mon fils, pour qu'il puisse choisir son avenir et se lever le matin heureux d'aller prendre soin des arbres. La bataille paie.

Nous sommes montés ensemble tôt ce matin. Alors qu'Ibrahim rejoint Jean parmi les oliviers, je pars marcher sur les sentiers. J'arrive à Saorge, je flâne, m'arrête sur une place qui surplombe la vallée, me délecte du calme de l'endroit. En repartant, je prends une ruelle pavée, étroite, bordée de maisons en pierre. Une enfant est assise sur les marches d'un perron. Je la reconnais de loin, c'est Marie, la fille de Jean.

Elle joue souvent dans l'oliveraie de son père en fin de journée. Ibrahim a de l'affection pour elle et ils ont pris l'habitude, lorsqu'il est là, d'aller voir les poussins, de nourrir les poules et de ramasser les œufs dans le poulailler qui jouxte l'exploitation. Il la porte souvent sur ses épaules pour cueillir les fruits du verger attenant. Ensemble, ils remplissent le panier et viennent ensuite nous offrir leur récolte.

L'enfant s'est installée sur les marches, elle semble chez elle. Elle a déployé ses feuilles de papier Canson et ses couleurs. Les barreaux de la rambarde servent de cimaises. Avec des pinces à linge, elle a suspendu ses dessins terminés. Des formes finies, nettes, des teintes vives, des aplats de couleurs qui font penser aux Nabis. C'est beau. Je le lui dis. Elle ne répond pas, concentrée sur son travail.

Je lève la tête et remarque un panneau « À louer » sur la porte. Je m'éloigne pour avoir une meilleure vue et observer la maison, je m'approche ensuite et regarde par la fenêtre. La salle de séjour aux murs jaunis laisse entr'apercevoir une cuisine. C'est une petite maison de village, dans une rue en pente. L'enfant, sans lever la tête, me dit :

— Ce n'est pas une maison pour toi.

Je la regarde interloquée et lui demande :

— Ah bon, et pourquoi ça ?

Elle garde la tête baissée et répond :

— Parce qu'elle est habitée par des fantômes. Moi je suis comme ma mamie, je sais leur parler, mais toi, tu ne sauras pas.

Frondeuse, avec une longue mèche qui lui tombe sur le visage. Elle porte une salopette en jean et des baskets. Elle m'irrite. Elle est arrogante, hors d'atteinte.

— Et comment peux-tu en être aussi sûre ? Que sais-tu de moi ?

L'enfant relève la tête et, du haut de ses six ans, me regarde droit dans les yeux.

— Rien, je ne sais rien de toi, mais tout le monde a peur des fantômes. Je ne vois pas pourquoi tu serais différente des autres. Et puis ici, la place est prise depuis que ma mamie est partie, c'est mon atelier.

Difficile entrée en matière. Je note tout de même le numéro indiqué sur le petit panneau et lui dis en m'éloignant :

— On pourrait peut-être être voisines, moi dans la maison et toi dans ton atelier.

Je sais, depuis mon arrivée à Nice, qu'il s'agit d'un passage, d'un sas. Mes économies s'amenuisent et je vais devoir quitter l'hôtel, laisser ma chambre qui finit par me coûter cher et qui sera plus utile à quelqu'un d'autre.

J'ai besoin de trouver un emploi et de me poser quelque part pour de bon.

J'appelle Diane pour lui en faire part. Nous sommes devenues amies et elle est toujours pleine de ressources. L'après-midi même, je reçois un coup de téléphone de la directrice d'une association d'aide aux exilés. Nous nous connaissons bien. Elle m'envoie des jeunes pour les cours du matin. Diane lui a fait part de ma recherche et elle a pensé à moi pour un poste d'écrivain public qu'ils cherchent à créer depuis longtemps. Il s'agit de rédiger des lettres de tout type, personnelles, administratives, scolaires, professionnelles. J'accepte sans hésiter. Seize heures par semaine pour un salaire proche du RSA, ça me va.

Je ne ferai qu'officialiser une activité que je mène depuis plusieurs mois après les cours, puisque en semaine, on vient depuis longtemps me trouver pour me demander d'expliquer un courrier, pour remplir un formulaire ou pour répondre à une demande.

J'aime sentir que les mots aident, qu'ils font du bien, que je suis utile. Je deviens passeuse des mots de chacun, traductrice de pensées, de chemins de vie. De la lettre d'amour à l'annonce d'une nouvelle, bonne ou mauvaise. J'écris. Je m'adapte au registre. Pour les lettres administratives, je cherche, je me renseigne. Je potasse le *Guide du contentieux du droit des étrangers* pour mieux comprendre ce que dit la loi et passe mes soirées à m'immerger dans un vocabulaire que je ne connais pas.

Mais, comme il s'agit de donner la parole aux hommes et aux femmes qui font appel à moi, ces mots prennent toute leur importance, ils servent des vies, des trajectoires, ils infléchissent des décisions. Ils ne sont pas vains, ils ne flottent pas et cela me rend plus combative, plus terrienne.

J'aime ce contact direct, l'attention portée à ceux que je rencontre et qui en ont manqué. J'ai l'impression d'être utile. Je les accueille, je participe à leur redonner leur identité, leur dignité alors qu'ils ont souvent tout perdu au fil du voyage, se délestant peu à peu de ce qu'ils avaient emporté au départ, valises, objets précieux, bijoux de famille, photos... Ils n'ont que leurs souvenirs pour raconter qui ils sont et je suis là pour les écouter, heureuse du lien qui se tisse, de ces échanges qui, malgré la dureté de ce qu'ils révèlent, me placent au bon endroit.

Je repense à ce pays que je parcours tous les week-ends depuis des mois comme à un lieu possible où poser mon sac de voyage, à ce village à flanc de colline comme à un lieu pour vivre. J'aime ce territoire meurtri par le déchaînement des éléments, qui ressemble par endroits à un paysage d'apocalypse et à d'autres au paradis. Ce contraste nous contraint à ouvrir les yeux sur la beauté du monde, à nous en imprégner sans illusion, nous rappelant à chaque virage, à chaque encablure, la fragilité de la nature et l'impasse dans laquelle elle se trouve. Ces paysages font de nous les témoins des conséquences de nos actes et nous contraignent à participer au jour le jour à rendre notre existence vivable.

Alors j'appelle Jean et fixe un rendez-vous pour visiter la maison.

Il s'agit de la maison de sa mère partie en EHPAD depuis peu. Ibrahim m'accompagne. Jean nous ouvre. L'enfant se tient à ses côtés, elle ronchonne mais nous laisse passer. Nous sommes là tous les quatre sur le seuil de cette maison délaissée. Elle est en mauvais état, mais je l'aime déjà. Je me dis que je pourrai faire les travaux nécessaires si le prix du loyer me le permet. J'aime la vue qu'elle offre, j'y respire. C'est beau et c'est là que je veux être.

Les montagnes qui l'entourent, une petite percée, un sentiment d'immensité et de protection ; un salon avec une grande cheminée, ouvert sur une cuisine attenante dont les fenêtres donnent sur la vallée ; au-dessus, deux petites chambres et une salle de bains.

Ibrahim est silencieux, il traverse l'espace, caresse les murs, s'arrête pour regarder l'horizon depuis la cuisine. Je lui explique que je voudrais abattre la cloison pour faire entrer la lumière, depuis la vallée jusque dans le salon. Il acquiesce. Je suis excitée et nerveuse. Je le sens distant. J'ai déjà fait le tour de la maison trois fois, alors qu'il reste en retrait, timide. Je le devance dans l'escalier, lui dis :

— Tu vois, là, il y aurait ma chambre et là-bas, au bout du couloir, ce serait la tienne.

Ibrahim s'appuie contre le mur. L'émotion le submerge et rejaillit sur son visage.

Il répète pour lui-même :

— Notre maison.

Tout à coup, dans cette petite bicoque délabrée, dans cette vallée isolée, nous avons trouvé notre place.

J'ai aimé les lieux où j'ai vécu. Je suis sensible aux endroits, à leur chaleur et bien que Brigitte m'ait accueillie à Nice, dans cet hôtel de transit, je n'avais plus de lieu, plus d'endroit.

La maison de mon enfance, le vieux fauteuil en velours vert où je m'installais au coin du feu pour lire ou rêvasser, la table en bois massif sur laquelle je faisais mes devoirs mais qui servait aussi bien à ma mère pour préparer le repas, les confitures, les conserves pour l'hiver et à mon père pour faire les comptes ou lire le courrier, chaussant alors ses lunettes, fronçant les sourcils, concentré.

Les animaux, ceux qui étaient autorisés à entrer, le chat qui grimpait sur mes genoux, le chien qui venait se blottir à mes pieds.

La présence de mes parents affairés aux travaux de la ferme mais jamais loin, se posant cinq minutes pour boire un chocolat chaud avec moi, l'odeur âcre des produits laitiers, le gâteau que ma mère préparait avec la peau du lait qu'elle faisait chauffer. Du silence et de la présence.

J'avais aussi aimé mon premier logement à Paris, celui de mon émancipation, du « devenir adulte ». Cette chambre de bonne, je l'avais imaginée depuis ma Normandie natale. J'y avais entassé tout ce que j'aimais, livres, musique, reproductions de toiles expressionnistes, mes préférées : Klee, Kirchner, Nolde et Munch, des corps, des regards, des couleurs vives pour retranscrire ces formes humaines en dissolution, une peinture dont je percevais la violence émotionnelle, exacerbée, une violence à laquelle je ne connaissais rien, dont j'avais été tenue à l'écart dans mon cocon d'enfance, mais dont la force et la beauté me fascinaient.

Mon univers de jeune adulte sans expérience, éblouie par la possibilité des sentiments et protégée des bruits et de l'agitation de la ville dans ce microcosme qui était le mien.

Je n'avais quitté le XVIe arrondissement que pour cet appartement que nous avions choisi ensemble, Vincent et moi, un appartement mansardé, avec un bow-window, si rare à Paris, qui s'ouvrait sur les toits de la ville.

L'endroit où nous avions été heureux ensemble, où nous avions cru à une vie douce.

Chacun de ces lieux avait été pour moi un refuge, un endroit où me ressourcer.

Puis je n'avais plus eu de lieu, j'étais devenue étrangère aux endroits que je chérissais.

Ce que je comprends avec le recul, c'est que j'étais devenue étrangère à ceux que j'aimais. J'avais arrêté de croire à tout ce qui avait si bien rempli ma vie. Tout était devenu mécanique, rythmé par le quotidien : les heures de cours, les copies à corriger, les conseils de classe, les courses et le ménage.

Un automate. C'est ce que j'étais devenue dans mes relations aux autres, qu'ils soient intimes ou non. Mettant le monde à distance. Le contraignant à m'ignorer.

Je ne me reconnaissais plus, et celui avec lequel j'avais cru tout partager ne savait plus à qui il avait affaire. J'avais construit brique par brique un mur entre nous. Impossible de plonger dans son regard sans que mon corps se fige. Je n'avais plus pu, trop douloureux. Je voulais m'éteindre et il m'en empêchait.

Il était là. Il croyait qu'ensemble nous surmonterions l'épreuve. Il avait besoin de moi. Mais le simple fait de le sentir à mes côtés, au lieu de me retenir, me plongeait encore plus profondément dans l'abîme. Mon être se refusait à la moindre tentative de vie et de chaleur.

Le silence avait envahi l'appartement où nous avions été si heureux, un silence sans contact possible, contre lequel il n'avait plus pu lutter. Rien n'y remédiait, ni l'air chaud et lourd de l'été ni la fraîcheur de l'hiver. Un silence de pierre.

Et si ma solitude d'enfance et d'adolescence avait été douce et bordée de tendresse, celle-ci était aride, sans horizon. Moi, l'enfant unique et solitaire, je me montrais incapable de faire confiance à l'autre face à l'adversité.

Alors peu à peu, il avait abandonné. Il rentrait de plus en plus tard, attendant que je sois endormie, redoutant le moment où nous serions face à face.

Il avait cessé d'essayer de me ramener vers lui et avait fini par tout faire pour ne plus croiser mon regard perdu, hagard, pour ne plus plonger dans notre tristesse commune.

Ibrahim

Nous venons de finir de meubler la maison, elle est déjà accueillante et chaleureuse. Isabelle a obtenu le statut de « tiers accueillant bénévole ». Je peux vivre avec elle, tout en restant sous la tutelle administrative de l'ASE. Je leur coûte moins cher comme ça. C'est peut-être pour ça qu'ils n'ont pas fait appel de la décision du juge des enfants quand il m'a mis sous leur protection.

Isabelle a cousu les rideaux de ma chambre dans un tissu du pays et je me sens bien dans cette petite pièce sous les toits.

Papa est mort peu de temps après notre installation. Comme s'il avait attendu que j'aie un chez-moi. C'était un samedi matin et, quand Mamadou m'a téléphoné, je savais ce qu'il avait à me dire avant même qu'il ne parle.

Il s'est éteint tout doucement, comme une bougie lorsqu'il n'y a plus de cire, plus rien à consumer. La flamme diminue petit à petit jusqu'à disparaître.

Quand je suis descendu dans le salon, Isabelle était assise à la table. Elle, d'habitude si pudique, en retenue, m'a pris dans ses bras et ce geste, ce contact, a fait jaillir mes larmes.

Ce soir-là, à côté de mon lit, sur le mur, j'ai collé une photo de maman, N'gah, dans sa robe bleu indigo. Elle est souriante et regarde l'objectif. J'ai l'impression que c'est à moi qu'elle sourit.

Je voulais aussi un souvenir de papa, mais je n'ai aucune photo de lui. J'ai demandé à Mamadou d'aller prendre, avec son téléphone, une photo de la vue que nous avions depuis l'arbre où nous aimions nous reposer, mon père et moi. Il a pris un cliché à l'endroit exact où nous nous installions, à l'orée de la forêt, face aux rizières et sous le ciel que nous regardions ensemble. Comme ça, je peux penser à lui.

Et j'ai aussi collé la figurine de Messi. Elle est toute délavée et abîmée mais ça ne me dérange pas, au contraire, elle me rappelle le chemin parcouru pour arriver jusqu'à la vallée.

Tout mon petit monde se trouve dans cette chambre où je suis chez moi pour la première fois depuis longtemps.

Isabelle

Ibrahim entreprend sa formation à Menton. Elle va durer deux ans. Un temps long, trouver un rythme, construire une vie, se fondre dans un quotidien sans précarité. Il apprend à s'occuper des arbres, en particulier de ceux de la région, oliviers et agrumes. Il est curieux, il ne connaît rien aux citronniers qui font la fierté du littoral.

Il va y acquérir les techniques de taille, d'entretien et de récolte, mais aussi y apprendre la culture de variétés qu'il ne connaît pas, la protection des vergers, les débouchés commerciaux qu'il pourrait un jour développer s'il décidait de se mettre à son compte. Il est heureux, il organise son existence entre la côte, où il suit les cours, et la vallée, où il mène son apprentissage. Il fait la navette en car, prend ses marques, s'habitue aux horaires exigeants qu'impose la distance à parcourir pour aller du canton de Breil-sur-Roya à la côte.

Il s'est fait des amis et rentre heureux. Il aime mettre en pratique ce qu'il découvre en cours. Ce n'est pas théorique, abstrait, il sait comment se servir de ce savoir et ça le rassure. Il propose à Jean de planter des agrumes dans le verger.

Jean est dubitatif. Les citronniers sont fragiles, ils résistent mal au climat d'ici contrairement à celui de la côte qui leur est propice et où ils donnent de beaux et gros citrons. Mais c'est en faisant qu'on apprend et il ne prétend pas tout savoir. Il dit : « OK, on essaye. »

Je les regarde chercher le bon emplacement, discuter entre eux des besoins des jeunes arbres qu'Ibrahim a apportés. Ils décident de les planter au sud, contre un mur, et s'accordent à les couvrir d'un voile de forçage. Ensuite Ibrahim, bêche à la main, creuse un trou assez profond puis il s'agenouille et dépote le premier citronnier, le plante et tasse la terre.

Il se relève, va chercher deux bigaradiers, bien plus résistants que les citronniers. Jean le regarde faire, adossé au muret. Ibrahim passe devant lui tout souriant, un arbre dans les bras et dit :

— J'aime leur odeur.

Ibrahim

Jean m'aide à trouver le bon endroit, celui où les agrumes ont les meilleures chances de se développer. Ses conseils vous orientent pour que vous puissiez expérimenter par vous-même et ainsi apprendre quelque chose.

Lorsque j'ai fini de planter les arbres, alors que nous sommes tous les deux adossés au muret et que nous regardons Isabelle s'éloigner sur le sentier, sa silhouette frêle contrastant avec sa démarche décidée, Jean me dit :

— J'ai l'impression de la connaître depuis toujours.

Je la regarde avancer, elle n'est plus qu'un petit point sur le chemin, et tandis que nos regards sont toujours tournés vers elle, je lui réponds pensif :

— Tu parles de la femme d'aujourd'hui, mais celle que j'ai rencontrée il y a deux ans à Nice était si fragile qu'un simple coup de vent l'aurait mise à terre. Moi qui venais de si loin et qui étais si jeune, j'avais parfois l'impression qu'elle avait bien plus besoin de soin que moi.

Jean reprend :

— Tu as raison, je ne sais rien de cette Isabelle-là, j'entrevois qu'elle a traversé une tempête, mais la femme que je connais est debout, belle et vivante.

Je souris de cette attirance que je devine entre eux, puis je repense à nos parcours et lui dis :

— Nous avons chacun notre propre histoire. Notre chemin ne ressemble à aucun autre. Le mien a été motivé par la tendresse des miens. Isabelle est partie parce qu'elle ne pouvait plus rester. Alors que moi, je l'ai fait pour ma famille. Je n'ai pas quitté mon village comme tant de garçons parce qu'ils étaient devenus orphelins, que personne ne voulait d'eux, ou qu'ils subissaient de la violence. Non, je suis parti en étant aimé.

Jean ajoute avec douceur :

— Tu sais, Ibrahim, ici aussi, parfois, on part même lorsqu'on est aimé.

Je n'ai pas bien compris ce que cela voulait dire, mais j'ai senti que ça avait un lien avec la maman de Marie, et que la tristesse de Jean et celle d'Isabelle se ressemblaient.

Isabelle

Le soir à la maison, j'entends Ibrahim parler au téléphone, il chuchote, rit de bonheur. Je sens bien qu'il est amoureux. Un matin, alors que nous sommes attablés devant notre petit déjeuner, comme lors de notre arrivée à Nice, il me dit :

— Isabelle, j'aimerais inviter ma copine à la maison. Elle s'appelle Linda, je l'ai rencontrée au centre de formation.

J'acquiesce de la tête, je lui souris mais m'abstiens de lui poser la moindre question.

Je partage désormais mon temps entre Nice, où je continue à enseigner bénévolement et où je tiens ma permanence d'écrivaine public, et le village, où nous campons dans la maison que nous rénovons le week-end.

Souvent je reviens avec des mets d'ailleurs, offerts par ceux que j'accompagne. Pour me remercier, au cœur de leur précarité, sur un réchaud de fortune, dans l'étroitesse d'une chambre d'hôtel, ils ont trouvé le moyen de cuisiner un plat de leur pays, et quand nous nous asseyons pour dîner, Ibrahim et moi, là-haut, chez nous, quand nous partageons ces repas préparés avec soin, nous voyageons avec eux, vers eux, accédant à des histoires, des contrées, des épices, des saveurs qui ont toujours le goût des trésors qu'ils portent en eux.

Peu à peu, se met en place une forme de rituel. Jean, qui habite avec sa fille Marie une maison voisine, vient nous aider à rénover la nôtre dès qu'il peut se libérer. Marie a pris ses habitudes. C'est une enfant vive, curieuse et solitaire. Elle ne se lie pas facilement mais avec elle, Ibrahim rattrape son enfance trop vite achevée ; je les entends rire aux éclats devant des dessins animés pour lesquels il semble bien grand. C'est un moment d'insouciance précieux pour l'un comme pour l'autre.

Il y a quelque chose de joyeux, un plaisir à être ensemble, et pourtant la présence de cette petite fille me perturbe, elle me met mal à l'aise et je n'arrive pas à le formuler. Elle s'approprie cet endroit qu'elle connaît bien, comme si elle était chez elle, comme si je n'avais pas mon mot à dire. Mes sentiments sont ambivalents à son encontre alors qu'elle est de plus à plus à l'aise chez moi.

Elle ne ronchonne plus lorsque nous faisons une transformation, elle semble même y prendre goût. Récemment, elle a déménagé son atelier de plein air. Pieds nus lorsqu'il fait chaud, devant le feu de cheminée en hiver, elle s'est installée dans le salon. Crayon à papier, gouache, pinceaux et carnets de croquis ont élu domicile sur la table basse.

Je me sens parfois envahie et je m'en veux de ne pas intervenir. Jamais ils n'ont parlé de sa mère, jamais je n'ai posé la question à Jean. Pourtant un jour à la supérette, j'ai entendu dire qu'elle était partie quelques mois après la naissance de Marie sans laisser de traces. Que très vite, on avait compris qu'elle n'y arrivait pas, qu'elle ne se sentait pas mère, pas capable de s'occuper de l'enfant. Elle avait essayé. Mais elle avait sombré dans un état dont elle avait eu peur pour l'enfant et pour elle. Alors elle était partie.

Je vois bien que, Marie et moi, nous pourrions aimer les mêmes choses, partir à la recherche de plantes sauvages, faire à manger comme le feraient des sorcières plutôt que des cuisinières. Mais je me méfie, elle dérange le monde que je tente d'organiser. Elle s'impose à moi sans que j'aie mon mot à dire. Et elle a créé avec Ibrahim une relation dont je me sens exclue.

Je veux parler à Jean de sa fille, de la place qu'elle occupe dans ma maison. Je vais le voir, un soir où elle a suivi Ibrahim à l'entraînement de foot. Souvent, lorsqu'il joue, elle l'attend en dessinant dans la tribune.

Par où commencer, comment dire à cet homme que sa fille me dérange, alors qu'il a été si bon pour Ibrahim et pour moi ?

Il attend, silencieux, assis sur un muret qui jouxte sa maison agrippée à la montagne. J'ai une boule dans le ventre, je suis mal à l'aise, debout devant lui.

Je lui explique, comme une enfant le ferait à son maître d'école, que Marie occupe trop de place dans notre maison, qu'elle ne range rien derrière elle, qu'elle est sans gêne. Il reste longtemps silencieux puis me regarde droit dans les yeux et me répond :

— Pourquoi tu ne lui dis pas ?

Et tout à coup, je me sens si petite, si ridicule. Je n'y arrive pas, je suis bloquée face à cette fillette de six ans. Incapable du moindre contact, d'une quelconque relation.

Je vais m'asseoir à côté de lui sur le muret, je sens sa présence, la chaleur de son corps et je lui dis :

— Tu sais, j'ai eu une fille moi aussi.

Je ne veux pas le regarder, je n'y arriverai pas. Pourtant, je sens qu'il faut que je lui fasse confiance, qu'à ce moment précis se joue pour moi la possibilité de revenir au monde et aux autres pleinement. Je me sens enfin capable, je peux lui raconter.

— Cette nuit-là, je m'étais réveillée vers deux heures du matin pour l'allaiter. Elle gazouillait gaiement et nous nous étions installées sur le canapé du salon, son regard planté dans le mien alors qu'elle tétait avidement mon sein, jusqu'à être rassasiée. Comme toutes les nuits, je l'avais bercée jusqu'à ce qu'elle se rendorme. J'avais eu du mal ensuite à trouver le sommeil. Nuit hachurée scandée par l'enfant.

Je sens qu'il me sourit, sans même le regarder.

— Au réveil, son père avait voulu aller la voir avant de partir au travail, je m'étais interposée : « Non, si tu y vas, tu vas la réveiller et j'ai tellement besoin de dormir… » C'était un matin chaud, j'étais en congé et Vincent était parti au bureau. Nous aimions ces vacances de prof qui me permettaient de prolonger mon congé maternité et d'appréhender le quotidien différemment.

Je reprends ma respiration, aspire longuement l'air frais, remplissant mes poumons, pour reprendre du courage.

— J'avais accompagné Vincent jusqu'à la porte, nous nous étions embrassés longuement, c'était un moment pour nous. Ces moments du quotidien qui acquièrent une valeur de bonheur irrémédiablement perdu, des instants qui te semblent par la suite si précieux parce que tu sais que tu ne pourras plus les revivre. J'étais retournée me coucher et j'avais rapidement plongé dans un sommeil profond, poisseux, un trou noir. Un sommeil de parent épuisé par les réveils nocturnes, le rythme saccadé d'une existence tournée vers ce petit être qui remplissait l'espace et le temps. Quand je m'étais réveillée, brusquement, à nouveau, il était 11 heures passées. J'avais senti immédiatement que ce n'était pas normal. Jamais Anna n'avait dormi aussi tard.

Je suis crispée mais il faut que j'arrive au bout. Les mots sont comme des pierres coincées à l'intérieur de moi. Il faut que j'arrive à les extirper de mes entrailles. Je cherche mon souffle pour continuer le récit de cet instant qui a fait basculer mon existence.

— Je m'étais levée d'un bond, tendue, nerveuse pour me diriger vers la chambre de la petite. Mon cœur battait fort comme si, avant même d'entrer dans la pièce, j'avais compris. Un pas après l'autre, j'avançais avec le sentiment d'être happée vers l'arrière, retenue dans ma précipitation ; je m'étais approchée du berceau, les yeux rivés sur ma fille, petits poings serrés, yeux fermés. Son corps immobile, sa poitrine sans mouvement. J'avais mis mon doigt sous son nez pour tenter de sentir son souffle. La panique, mes forces me quittaient. Rester vaillante pour tenter l'impossible. J'avais passé ma main sous sa tête. Gestes saccadés, brusques, mes jambes me lâchaient. J'avais soulevé ma fille dont le corps ne répondait pas, ne se tendait pas, mou et lourd entre mes bras.

Ma voix s'étrangle, des larmes coulent sur mon visage, sans discontinuer, des larmes sans sanglots.

— J'aurais voulu appeler au secours, mais rien ne venait d'autre qu'une plainte rauque, un gémissement animal. Assise par terre contre le mur, mon bébé dans les bras. Je l'ai bercée encore et encore, longtemps.

Jean s'est relevé. Il est face à moi, il prend mes mains froides entre les siennes, sa chaleur se répand, irrigue mon corps pendant que mes larmes silencieuses continuent de couler. Je les essuie avec ma manche et dis :

— Tu vois ce qui m'a mise en chemin, ce qui me porte à l'exil, c'est que je m'épuise à chercher du sens là où il n'y en a pas. Je pense toujours, comme une obsession, que je suis responsable. C'est un sentiment dont je ne me défais pas. Si je n'avais pas empêché Vincent d'entrer dans la pièce ce matin-là, si je ne m'étais pas endormie, Anna serait encore en vie. Et ces « si » m'écrasent, me broient de l'intérieur.

Jean m'attire contre lui, il m'enlace, je pose ma tête contre son torse, et je m'y colle de toutes mes forces.

Son cœur bat contre mon oreille.

Ibrahim

D'habitude, quand je rentre du centre de formation, nous nous retrouvons à la gare. Isabelle revient de Nice, et moi de Menton par le car. Nous remontons ensemble à pied jusqu'à la maison. On discute de notre journée, elle me donne les nouvelles de l'hôtel et des amis là-bas. Je lui raconte mes cours. Finalement ça va. J'aime beaucoup l'agronomie, la biologie végétale, l'écologie. Tout ce qui a un lien direct avec les arbres m'intéresse. J'ai un peu de mal avec les matières générales, le français, les maths, l'histoire. Là-bas, j'apprends aussi à bien m'exprimer, à chercher un emploi et à connaître mes droits, comme le voulait Jean.

Aujourd'hui, Isabelle n'est pas allée à Nice et elle a préparé une nouvelle recette, avec Marie. Elles ont cuisiné ensemble et je m'attends au pire parce qu'Isabelle et Marie, elles ont beaucoup trop d'imagination, elles ne connaissent pas la simplicité. Isabelle annonce fièrement qu'elles ont été inventives, je me crispe.

— On a fait des lasagnes aux asperges et au miel, les asperges, c'est mon idée à moi, mais le miel, c'est la touche de Marie. Tu sais combien elle aime le sucré-salé.

C'est pour ça que souvent, je propose de cuisiner, juste pour pouvoir manger. J'achète tout ce qu'il faut dans une boutique de produits africains et je cuisine le *yétissé* que préparait ma mère les jours de fête. J'ai appris à le faire en essayant de retrouver ce qu'elle y mettait – le poisson, le manioc, les carottes, les aubergines, les oignons et le piment, puis les gombos et le riz –, en reproduisant ses gestes.

Isabelle me regarde, elle sait que cette recette-là est sacrée. Elle n'essaie pas d'y ajouter une de ses inventions.

Après le dîner, Jean et Isabelle s'installent dehors. Je suis fatigué de ma semaine et je me suis enfoncé dans le canapé. Marie est assise par terre sur le tapis, face à moi, et je sens qu'elle a décidé de me taquiner. Elle me dit :

— Ibro, tu me racontes l'histoire du gorille ?

Je proteste, j'ai envie de me reposer devant la télé, mais elle insiste.

— Allez, Ibro, s'il te plaît !

Je cède et me redresse, ça lui fait tellement plaisir. Je pose mes coudes sur mes genoux pour la regarder droit dans les yeux et je commence.

— C'était un après-midi particulièrement chaud. J'avais terminé de travailler dans la rizière plus tôt que mon père et je n'avais pas envie de rentrer chez moi ou d'aller jouer au foot avec les copains. Alors, je suis entré dans la forêt. J'aimais bien y aller parce que c'est frais et calme, là-bas. Mais tu sais tout ça, je te l'ai déjà dit.

Elle ouvre grand les yeux et fait oui de la tête.

— Et ensuite ?

— Ensuite, je me suis assis au pied d'un arbre et je me suis endormi. Et tout à coup, j'ai senti quelque chose, comme une main sur mon bras, j'ai ouvert les yeux et là en face de moi, à quelques centimètres, il y avait un gorille qui me fixait tranquillement. J'ai hurlé. Il a reculé, surpris, apeuré et j'ai filé aussi vite que j'ai pu.

Marie rit aux éclats.

— Trouillard, t'es un trouillard.

Je fais semblant de me mettre en colère.

— Qu'est-ce que tu as dit ?

Je m'approche, elle se lève d'un bond. Trop heureuse de jouer à avoir peur.

— Attrape-moi si tu peux ! Je t'attends...

Je rugis, la poursuis autour de la table basse et la plaque au sol pour lui faire des chatouilles. Elle rit aux larmes et continue à me provoquer pour prolonger le jeu.

— T'as raté la chance de ta vie de devenir ami avec un gorille !

Isabelle

Dans notre village, en surplomb de la vallée, je me sers de mes mains. Moi qui suis restée longtemps extérieure aux gestes de la vie pratique, j'acquiers une assurance qui m'a longtemps fait défaut et que j'enviais à mes parents. Enfant choyée, sur qui ils avaient inconsciemment projeté leurs désirs d'ailleurs, d'émancipation, me tenant volontiers à l'écart des tâches quotidiennes, qu'ils assimilaient à une forme de labeur dont ils voulaient me préserver. Moi, si facilement devenue citadine par la suite, nourrie aux plats tout faits, aux services à domicile, pressing et bricolage. Empêchant mon cerveau de s'accorder à mon corps, de se mettre au diapason, incapable de penser et mener à bien un simple projet comme la récolte des légumes et la préparation d'une ratatouille, la reprise d'un chemisier ou la rénovation d'un meuble.

J'accorde enfin mes gestes aux besoins du quotidien. J'apprends dans des livres, sur des tutos, avec des voisins, souvent avec Ibrahim et surtout avec Jean. Contrairement à moi, il sait tout faire de ses mains, elles sont agiles, rapides, sûres. Je le regarde faire, puis il me tend l'outil pour que je participe, il me guide, m'accompagne. Fixer toute mon attention sur ce qui est à accomplir, ici, maintenant, voilà ce qu'il m'enseigne. J'aime le sentir tout proche, je recherche son contact.

Avec lui, j'apprends à monter un muret en pierre, à changer les joints. Je sais peindre à la chaux et construire des étagères.

Quand il s'éloigne, quand je ne me sens plus guidée, je panique, perds patience à nouveau. Convaincue que je n'y arriverai pas, je bazarde tout. Il ne se précipite pas comme le faisaient mes parents. Il ne fait pas non plus les choses à ma place comme Vincent. Lui et Ibrahim rient ensemble de moi. Ce n'est pas un rire moqueur et sarcastique, c'est un rire qui impose la patience comme seule solution. Ça a le don de m'énerver encore plus. Mais je cède et reviens finalement à ma tâche.

Le temps n'est plus le même.

Peu à peu, je me surprends à savoir faire. Mes gestes sont de plus en plus précis et je souris de l'assurance nouvelle que me donne ce savoir, de la confiance que me confère cette aptitude. Aussi bien à Nice, dans le travail que je réalise pour l'association, que dans ma vie au village, je me sens bien.

À Nice, à la maison, au contact de la nature, mon existence est simple, centrée sur l'essentiel, prendre soin de ceux qui arrivent, migrants, exilés, apatrides, jeunes, vieux, femmes, hommes, enfants fragilisés par l'existence, prendre soin de l'endroit où j'habite et de ceux que j'aime ici un peu plus chaque jour.

Mes mains inertes ont pris vie.

C'est au printemps que Vincent apparaît. Il toque à la porte, alors que je suis en train de rédiger une lettre dans le petit salon. Sans lever la tête, concentrée sur ce que je fais, pensant que ce sont les enfants qui reviennent, je crie « Entrez ! » pour ne pas avoir à me lever.

Lorsque je me tourne, il est là, dans la pièce, immobile. Il me regarde fixement, surpris, méfiant. Je suis là, tétanisée par sa présence qui me renvoie à un passé que je m'applique à surmonter depuis mon départ.

Il n'ose pas avancer, entrer dans ma nouvelle intimité, lui mon mari, celui avec qui j'ai tant partagé.

Je me lève, me dirige vers la cuisinière et mets l'eau à bouillir ; je lui propose de venir s'asseoir face à la fenêtre ouverte sur la vallée. Besoin subit d'horizon. Il me regarde sans un mot, ses mains tremblent légèrement lorsqu'ils les posent sur la table.

Alors que je nous sers un thé, il dit :

— Tu as changé. Il n'y a plus cette tristesse sur ton visage.

Je m'assieds en face de lui, je retiens mes larmes. Il effleure les ridules qui se sont formées sur mon visage, comme s'il sillonnait du bout du doigt la mélancolie, la fragilité de ces années de bonheur et cette blessure qui affleure sur ma peau.

Je prends sa main, la respire, m'en imprègne, il regarde la mienne et me dit :

— Même tes mains sont différentes, elles sont robustes, solides, sûres d'elles.

Il s'autorise enfin à regarder cette pièce où je vis. Chaque meuble, chaque objet me ressemble, plus qu'aucun autre avant cela. Il le sait, il sait que j'ai trouvé mon lieu dans cette vallée frontalière, meurtrie par les eaux qui annoncent, au cœur d'une nature sauvage préservée, les conséquences apocalyptiques du changement climatique. Un lieu où prendre la mesure de la beauté du monde. Un beau bazar sur la table, des livres d'enfants, des jeux de société. Il repense aux derniers mois chez nous. Tout était resté figé comme si Anna allait revenir, le berceau, la table à langer, le mobile que nous avions choisi ensemble, le tapis de jeu au sol sur lequel elle n'a pas même eu le temps de jouer, les peluches et la jolie lampe de chevet offerte par les parents de Vincent à la naissance.

C'était devenu une maison sans vie. Tout y était trop bien rangé, aseptisé. Trop propre, obstinément propre. Plus de linge qui traîne, plus de lit défait, plus de livres posés à même le sol, pas de vaisselle dans l'évier, aucun petit mot sur le frigidaire. Comme si ce jour de juillet avait détruit tout le substrat de ce que nous étions ensemble, nos bruits, nos rires, nos parfums, les odeurs des plats qu'il aimait me préparer, les chaussures que je laissais traîner et qui le faisaient enrager.

Je lui dis :

— Je savais que tu viendrais.

Il avait été très en colère. Il m'en avait voulu. Il avait le sentiment de subir une double peine. Puis avec le temps, quelque chose en lui avait pu renaître, la possibilité d'un présent. Il avait recommencé à sortir, construit de nouvelles relations. Au travail, son pôle de recherche, devenu économiquement rentable compte tenu des catastrophes annoncées, prenait de l'importance et obtenait plus de moyens. Ils développaient les projets et ouvraient des antennes dans d'autres villes de France. Il avait l'impression que la société allait dans le bon sens et qu'il pouvait s'y épanouir. Puis, il avait rencontré une femme qui partageait les mêmes valeurs que lui, défenseur pragmatique de la planète et de ses ressources, une femme qui n'avait pas d'enfants, consacrant son existence au combat politique. Ils partageaient ce désir de transition écologique, de changement du monde pour les enfants des autres, les enfants qu'ils n'auraient pas. Elle était élue dans une petite ville, en région, et il allait la rejoindre.

Il me dit :

— C'est pour ça que je suis venu. Je voudrais qu'on vende l'appartement.

Le silence qui nous entoure n'est pas ce silence de glace qui avait accompagné la fin de notre histoire, mais un silence doux, enveloppant. Il est là face à moi, fragile et combatif, il n'est plus l'homme empli de certitudes qui ne laissait jamais de place au doute par peur d'être submergé. Non, il est différent lui aussi, et nous pouvons enfin nous regarder sans crainte. Notre histoire est finie parce que c'était le seul moyen de survivre et que nous en avons trouvé la force. Nous sommes émus. Nous savons tous les deux que nous sommes là pour nous dire adieu, pour clore ce chapitre de nos vies qui nous a unis.

J'accepte pour l'appartement. Je ferai la procuration nécessaire pour qu'il puisse le mettre en vente.

Alors qu'il se lève et s'apprête à partir, la porte s'ouvre brusquement. Nous nous tournons d'un même mouvement. Marie crie en se retournant :

— Preums !

Elle précède Ibrahim, qui la rejoint, essoufflé, en disant :

— Demain, tu ne m'auras pas !

Il joue son jeu, il a cette capacité que je n'ai pas à se mettre au niveau de l'enfant.

Vincent, surpris, regarde ce drôle de duo. Je me tourne vers lui.

— Je te présente Ibrahim et Marie.

Et je leur dis, comme s'ils pouvaient savoir qui il est :

— Voici Vincent.

Ils le saluent poliment. Marie se dirige vers le frigo alors qu'Ibrahim est resté figé dans l'entrée. Il me couve du regard, prêt à intervenir. Je le rassure d'un geste, il se détend et rejoint Marie, déjà installée sur les marches de la maison. Ils ont emporté avec eux des cahiers d'écriture, à grands carreaux. Ils sont studieux, assis côte à côte, un livre faisant office de pupitre, ils forment des lettres cursives, de belles majuscules, des minuscules qui se suivent et composent des mots élégants. La main d'Ibrahim est souple, déliée. Il forme des courbes, des contre-courbes, des boucles, des accents. Il aide Marie, qui écrit comme un cochon, et lui montre ce qu'il a appris, le délié de la main, la souplesse du poignet.

— Comme quand tu peins, Marie, comme quand tu peins, lui dit-il.

Lorsque Vincent passe le pas de la porte, Marie et Ibrahim se décalent chacun d'un côté de la marche pour lui libérer le passage. Ils le saluent alors qu'il s'éloigne d'eux, de cette vie dans laquelle il n'a pas sa place. De ce nouvel équilibre dont il ne fait pas partie.

Je m'appuie contre le mur de la maison, je le regarde descendre la rue sous un beau soleil méridional. Il se retourne et me sourit avant de reprendre son chemin. Puis il lève la tête et regarde loin devant lui.

Sa vie l'attend ailleurs.

Lorsque je me tourne vers Ibrahim et Marie, ils sont silencieux. Ils ont lâché leurs crayons et me regardent, inquiets. Je m'assieds entre eux, les enlace l'un et l'autre, Marie si revêche s'approche et m'embrasse. Je passe mon bras sous celui d'Ibrahim.

Ibrahim

Parfois, j'ai peur que tout cela s'arrête. J'ai peur de me réveiller un matin et que tout soit fini. Je fais souvent ce cauchemar ces derniers temps : Isabelle n'est plus là, aucune trace de sa présence, la maison est vide et il fait très froid.

Rien n'est acquis, je le sais si bien, mais je suis vivant et je le dois aux personnes qui m'ont donné un coup de main, qui m'ont défendu quand j'en avais besoin.

Ceux-là, les Brigitte, les Diane, les Isabelle, les Jean, te préservent du désespoir.

Je pense à ceux qui n'ont pas eu ma chance,

à Moussa et à ses parents que j'ai fini par appeler pour leur dire de ne plus l'attendre, à ceux qui sont réduits en esclavage en Libye et à ceux qui survivent dans des abris de fortune au Maroc ou en Algérie,

aux morts en mer,

et à ceux qui errent dans les rues d'Europe, comme Driss, obligé de repartir en quête d'un endroit où on voudra bien le laisser construire sa vie.

Je pense à tous ces espoirs vains, à ces vies empêchées et j'essaie de croire que mon existence peut être belle.

Isabelle

C'est dimanche, nous sommes venus le voir jouer un match amical au petit stade du village. Lorsque nous arrivons, Marie lui fait de grands signes auxquels il répond en souriant. Il est fier et beau avec son maillot rouge, signe d'une appartenance à un lieu, à une communauté.

Je le regarde discuter avec les joueurs de son équipe et leur entraîneur. Il est concentré, il tient deux de ses coéquipiers par les épaules. Dernières recommandations avant la partie.

Tout le monde se connaît ici et Jean s'attarde, saluant l'un, embrassant l'autre. Marie le tire par la manche et l'entraîne vers le gradin où je suis déjà installée. Lorsque le match commence, nous sommes tous les trois des supporters novices, rassemblés autour d'un terrain de foot par ce garçon spécial.

Dès le départ, le match est tendu. Ibrahim encourage, soutient son équipe lorsqu'elle attaque puis se mobilise pour parer le ballon.

Attentif et agile, il s'élance sur le côté quand le ballon s'approche. Ses bras se déploient et le retiennent avant qu'il ne retombe à terre de tout son corps. Ses partenaires viennent le féliciter puis reprennent la partie.

Il est à sa place, entre les poteaux du but, il protège son camp, son équipe, dans la surface de réparation. Ce n'est pas un attaquant ni un défenseur, il fait rempart en cas de danger, fin mais solide et souple. Son regard ne fuit plus, son corps n'est plus replié.

Il est là, présent, heureux, ancré.

Il a poussé, ces derniers mois, il est devenu ce beau jeune homme, port de tête altier et regard franc.

Je suis fière de lui, je ressens une forme de reconnaissance envers la vie qui l'a placé sur ma route. Je lui dois tant.

Lorsque le match se termine, Marie court le retrouver.

Marie si débrouillarde, Marie qui sait lancer la machine à laver, faire le ménage, préparer à manger, Marie qui n'attend pas qu'on lui demande de faire ses devoirs et qui connaît le jour et l'heure de son cours de dessin.

Avec Ibrahim, Marie redevient une enfant. Il l'installe sur ses épaules et elle se laisse porter fièrement. Il la couvre lorsqu'elle est débraillée, lui apporte un goûter lorsqu'il est là en semaine, la console lorsqu'elle a un chagrin.

Avec ce grand frère d'adoption, au cœur de son village, elle aussi a enfin une famille.

Jean s'approche, il a glissé sa main dans la mienne. Je pivote vers lui, ses lèvres se posent sur les miennes, je respire son souffle et l'embrasse en retour.

Je suis bien à cet endroit. Le monde redevient vivable. Ici je vois de loin l'agitation d'une société brutale et je crois en la possibilité d'un monde plus humain.

J'aime les hommes et les femmes qui l'habitent, j'aime cette variété de paysages, ces géographies qui changent avec l'altitude, ce lieu de passage, cet endroit qui respecte l'accueil, un lieu très ancien qui garde, plus haut dans les montagnes, ces merveilles que sont les traces laissées il y a plusieurs milliers d'années, par les humains : gravures rupestres, signes mystérieux et magiques qui jalonnent les roches des vallées des Merveilles et de Fontanalbe, autant de symboles réalisés par nos ancêtres très lointains pour dire leur présence sur cette terre et s'élever vers le ciel. À l'abri de ces montagnes et malgré la furie de la nature, je me sens rassurée, par le fil continu de notre humanité minuscule, capable de tant de poésie, d'humilité et de dévotion envers la terre qui nous abrite.

Ibrahim

C'est la première fois que j'ai une fiche de paie et un chèque. J'ai déjà touché de l'argent en liquide mais pas comme ça, pas officiellement. Ce n'est pas beaucoup, mais c'est un salaire. J'ai assez d'argent pour aider Isabelle avec les courses, pour acheter un petit cadeau à Marie et à Linda et aussi pour envoyer des sous au village.

Ça me rend triste que mes parents ne soient plus là, j'aurais tellement voulu les aider, qu'ils sachent que j'étais devenu un *tounkan namo* et que j'aurais pu rendre leur vie un peu meilleure. Finalement, ils pouvaient compter sur moi.

Ce n'est pas à eux que cet argent servira, mais j'ai fait un transfert pour que Mamadou et sa famille touchent chaque mois une partie de mon salaire. C'est eux qui ont pris soin de mon père jusqu'à son dernier souffle, c'est eux qui ont organisé le rituel funéraire pour qu'il repose en paix.

Sans eux, sans les savoir là-bas près de lui, je serais mort de chagrin.

J'ai aussi trouvé le moyen d'envoyer des Adidas à Mamadou. Il m'a appelé tout de suite lorsqu'elles sont arrivées, il riait, il était heureux, il a dit :

— Petit frère, tu es devenu grand.

Isabelle

J'ai acheté à Ibrahim une paire de chaussures à crampons et une paire de gants, que je projette de lui offrir pour ses dix-huit ans.

Il me surprend toujours ce garçon capable de faire coexister ses mondes, de les imbriquer les uns dans les autres, celui de son pays, celui de sa formation et celui du village. Ibrahim crée des ponts, des passerelles entre ceux qu'il aime. Alphonse, l'ami fidèle, vient régulièrement nous rendre visite et ne se lasse pas d'admirer les montagnes. Linda, son amoureuse, le rejoint un week-end sur deux. Et il y a les amis du village, ceux du club de foot. Il aime ce poste de numéro 1, qu'il occupe fièrement. Il est le gardien, le défenseur des siens. C'est sa place, et ses coéquipiers l'ont vite désigné comme leur capitaine.

C'est une fête que nous voulons lui organiser avec tous les amis qu'il s'est faits au fil des trois années qui se sont écoulées. Linda m'aide pour que ça reste une surprise. Marie en est horriblement jalouse, mais elle participe également, elle est en charge de la décoration. C'est aussi un moment d'anxiété qui ressurgit puisqu'il attend la réponse à sa demande de titre de séjour.

Je sens son agitation depuis quelques semaines. Il est revenu l'air sombre à plusieurs reprises après des contrôles d'identité au faciès. Il craint d'être à nouveau à la merci de la moindre interpellation, de devoir repartir au combat.

Il s'y est pourtant pris à l'avance, dossier complet, courrier au préfet, inscription à la formation, contrat d'apprentissage, note du service éducatif, et les lettres de ceux qui tiennent à lui, le directeur du club de foot, Jean qui le salarie, ses collègues, Marie, et moi, bien sûr.

La préfecture décidera de lui accorder ou non un droit de séjour pour un an ou plus. Il est arrivé avant l'âge de seize ans, il devrait avoir un titre « vie privée et familiale » qui le protégerait vraiment, se renouvellerait tacitement, mais il craint de ne bénéficier que d'un titre provisoire nécessitant un renouvellement régulier, qui le précariserait forcément davantage.

Il sait aussi que le préfet peut décider, malgré tous les éléments prouvant sa bonne intégration et son embauche, d'une OQTF, un refus de séjour assorti d'une obligation de quitter le territoire.

Je m'y prépare et c'est pour cette raison que j'ai entamé une demande d'adoption simple. Je ne veux plus qu'il soit tributaire de décisions administratives arbitraires, de traitements injustifiés, et Ibrahim n'a plus de famille au pays. Rien ne s'y oppose.

Il est taciturne, ces jours-ci. Il passe des heures à jouer sur son téléphone, enfermé dans sa chambre, ne répond pas à Linda et refuse de se rendre à l'entraînement. Même Marie n'arrive pas à le faire descendre pour regarder avec elle un dessin animé.

Il attend cette réponse depuis des jours. Il dort mal et je l'entends bouger la nuit, se retourner dans son lit, se lever et faire les cent pas dans sa chambre.

Ce matin, j'ai tout de suite vu la lettre au courrier, un coup dans ma poitrine, un creux dans mon ventre. Je n'ose rien dire. Je la glisse juste sous sa porte. J'attends. Pas de mouvement.

Alors je toque. Je le connais assez pour savoir qu'il ne répondra pas. J'entre. Il est couché en chien de fusil, le visage tourné vers le mur ; je m'assieds sur son lit, pose la lettre sur sa table de nuit. Je lui demande s'il veut qu'on la lise ensemble. Je saisis son bras pour qu'il se tourne vers moi. Son regard s'agite comme au premier jour. Il me dit :

— C'est trop dur, je n'y arrive pas, Isabelle. J'ai tellement peur de ce qui est écrit.

Je prends sur moi malgré mon inquiétude. Je lui propose de lire la lettre pour lui. Je me veux rassurante bien que mon cœur batte la chamade.

Il me répond :

— Non, Isabelle, il faut que je trouve le courage.

Alors, je m'assieds contre le mur. Ses mots ont le pouvoir de contrer ma panique, de me transmettre leur vaillance. Et je comprends qu'ensemble nous ne craignons rien. Je le regarde et lui dis :

— Quoi qu'il y ait écrit dans cette lettre, quoi que dise ce courrier, quoi qu'il te contraigne à faire et même s'ils t'obligent à partir, ça ne changera rien au fait qu'ici, c'est chez toi, c'est notre vallée, notre maison, notre lieu, Ibrahim, à toi et à moi.

Il peut enfin compter sur quelqu'un, appartenir à un endroit. Alors il se relève, prend une grande inspiration pour se donner du courage.

Et de courage, il n'en a jamais manqué.

Remerciements

Je remercie en premier lieu Adama et Djenaba pour la confiance qu'ils m'ont accordée et le récit qu'ils ont bien voulu me livrer, Françoise Naslin pour son amitié et ses conseils, Sophie Rousselet pour son témoignage, Blandine Quévremont pour ses connaissances juridiques, Angello Panisello avec deux *l* pour son savoir horticole, Antide Viand, Estelle Arnould et tous ceux qui font vivre le monastère de Saorge pour leur accueil, Mathilde Paix pour sa compagnie monastique et les couleurs qu'elle déploie, Cédric Herrou pour les pistes qu'il ouvre et le courage qu'il donne, Jean-Louis Romanet-Perroux pour son analyse du monde arabe, et de la Libye en particulier, mon éditrice Vanessa Springora pour sa confiance renouvelée, les militants de RSM Rouen qui accueillent, accompagnent et prennent soin des jeunes migrants, enfin je remercie Fabrice, mon premier lecteur et soutien, qui partage au quotidien les doutes et les questionnements liés à l'écriture.

Ce livre a été écrit dans le cadre d'une résidence au monastère de Saorge, organisée par le Centre des monuments nationaux.

Composition et mise en pages
Nord Compo à Villeneuve-d'Ascq

MIXTE
Papier issu de sources responsables
FSC® C003309

L'éditeur de cet ouvrage s'engage dans une démarche de certification FSC® qui contribue à la préservation des forêts pour les générations futures.

Pour en savoir plus :
www.editis.com/engagement-rse/

CET OUVRAGE
A ÉTÉ ACHEVÉ D'IMPRIMER
SUR ROTO-PAGE
PAR L'IMPRIMERIE FLOCH
À MAYENNE EN FÉVRIER 2022

Dépôt légal : mars 2022
N° d'édition : 63771/01 – N° d'impression : 99895
Imprimé en France